오해피데이

IE BIYORI by Hideo Okuda
Copyright ⓒ 2007 Hideo Okuda
All rights reserved
Original Japanese edition published by Shueisha, Inc.
This Korean edition published by arrangement with Shueisha, Inc., Tokyo
in care of Tuttle-Mori Agency, Inc., Tokyo through EntersKorea Co., Ltd., Seoul.

이 책의 한국어판 저작권은 (주)엔터스코리아를 통한
일본의 Shueisha, Inc.와의 독점 계약으로 도서출판 재인이 소유합니다.
신저작권법에 의하여 한국 내에서 보호를 받는 저작물이므로
무단 전재와 무단 복제를 금합니다.

오 해피 데이

초판 1쇄 펴낸 날 2009년 10월 16일 10쇄 펴낸 날 2018년 5월 16일
지은이 오쿠다 히데오 **옮긴이** 김난주 **펴낸이** 박설림 **펴낸곳** 도서출판 재인
디자인 오필민디자인 **표지 사진** 파야 **등록** 2003. 7. 2 제300-2003-119
주소 서울시 강남구 도곡동 467-6 대림아크로텔 1812호 **전화** 02-571-6858 **팩스** 02-571-6857

ISBN 978-89-90982-34-6 03830 Copyright ⓒ 재인, 2009 Printed in Korea.

책값은 뒤표지에 있습니다. 잘못된 책은 바꿔 드립니다.

오해피데이

오쿠다 히데오 소설 · 김난주 옮김

재인

차례

Sunny Day ············ 7

우리 집에 놀러 오렴 ············ 51

그레이프루트 괴물 ············ 99

여기가 청산 •••••••••• 135

남편과 커튼 •••••••••• 185

아내와 현미밥 •••••••••• 229

"어머나, 머리 스타일 바꿨어?"
"아니, 늘 하던 대로인데."
여유만만하게 대답했다.
"그런데, 어쩨 인상이 좀 다르네. 젊어 보이는 것 같기도 하고."
"고마워."
여학생처럼 슬쩍 껴안으며 말했다.
노리코는 확신했다. 자신이 빛나고 있다고.

Sunny Day

1

 쓸모가 없어진 접이식 피크닉 테이블을 옥션에 올려 팔기로 했다.

 마흔두 살인 야마모토 노리코에게는 아이가 둘 있는데, 밑의 아이가 중학생이 된 후로는 가족끼리 외출하는 일이 눈에 띄게 줄어들었다. 이번 여름에는 결국 아무 데도 가지 않았다. 중3짜리 유카는 고등학교 입시 공부에 여념이 없고, 중1짜리 유헤이는 농구부 활동에 온통 정신이 팔려 있다. 앞으로도 가족끼리 오붓하게 여행하는 일은 거의 없지 않을까 싶다. 아이들은 이미 자신만의 세계를 갖고 있다. 가족의 전성기는 끝난 것이다.

 지역 정보 사이트에서 고물상을 찾아내 전화로 문의했더니 터무니없이 헐값을 부르는 바람에 화가 나서 그만두었다.

 "새 상품이나 다름없으면 5백 엔, 사용한 흔적이 있으면 무상."

 그렇게 말하는 퉁명스런 목소리에 모욕당한 기분마저 들었다.

 "어차피 거치적거릴 텐데, 거저 치워 준다고 생각해야죠."

 전화를 끊기 전에 노리코의 속내를 꿰뚫고 있다는 듯이 그런 소리까지 했다. 노리코는 어이가 없었다. 1만 엔도 더 주고 산 외제다. 할인 매장에서 파는 싸구려와는 수준이 다른 물건이다.

이어 지역 재활용 센터도 찾아가 보았지만, 담당 직원이 자신들은 자원 봉사자들이라는 것을 강조하는 데다 환경 보호에 대한 설교까지 늘어놓으며 어찌나 생색을 내는지 이내 걸음을 되돌리고 말았다.

차라리 누구에게 줘 버릴까도 생각했다. 한동네에 사는, 아직 아이가 어린 집에 주면 틀림없이 좋아할 텐데. 하지만 그럴 만한 이웃이 없었다. 이웃이라도 웬만큼 친하지 않으면 안 쓰는 물건을 주기가 쉽지 않다. 게다가 거저 주자니 왠지 아까웠다. 노리코는 2천 엔이든 3천 엔이든 대가를 원했다. 불로소득은 마음대로 사용할 수 있다. 호텔에서 케이크를 먹을 수도 있고 역 앞에서 발 마사지를 받을 수도 있다.

다른 동네에 사는 여동생에게 전화를 걸어 의논해 보았더니 옥션을 권했다.

"간단해. 피차 모르는 사이니까 뒤탈이 생길 일도 없고."

동생은 별문제 아니라는 듯 말했다. 아닌 게 아니라 사이트를 들여다보니 별별 것을 다 팔고 있었다. 노리코도 한번 시도해 보기로 했다. 잘하면 집 안에 있는 불필요한 것들을 처분할 수 있을지도 몰랐다.

회원 등록 절차를 마치고, 당장에 피크닉 테이블을 올리기로 했다. 근처 공원에 테이블을 쫙 펼쳐 놓고 첨부할 사진을 찍었다. 혼자서 들고 나가 찍으려니 쑥스러워 유헤이를 끌고 나갔다.

"아씨, 귀찮게."

한창 반항기인 유헤이는 심드렁한 표정이었다.

그래도 디지털 카메라 조작에 서툰 엄마를 보다 못해 거들어 주었다. 내친김에 옥션에 사진을 올리는 방법도 배웠다. 몇 번이나 똑같은 것을 묻자 유헤이는 짜증을 부렸다. 컴퓨터를 자유자재로 주무르는 유헤이를 부럽게 바라보면서 노리코는 시대가 변했다는 것을 실감했다. 옛날에 비디오 덱을 조작할 줄 몰라 악전고투하던 엄마의 모습이 바로 지금의 자신이다. 세상의 주역이 아이들로 옮겨 간 것이다.

배송료는 따로 받기로 하고 경매 하한가를 천 엔으로 정했다. 사실은 그 다섯 배쯤 받고 싶었지만 반감을 살까 걱정스러워 가격을 낮춘 것이다. 택배비도 기입했다. 경매 기간은 일주일. 그 정도 여유를 두면 많은 사람이 볼 수 있을 것이다. 그리고 이런 문장을 덧붙였다.

'콜맨 사에서 제조한 피크닉 테이블입니다. 5년 전, 1만 4700엔에 구입한 것입니다. 많아야 열몇 번 사용했을 뿐, 흠집 하나 없습니다. 알루미늄 제품이라 가볍습니다(12킬로그

램). 어른 네 명이 둘러앉을 수 있는 넉넉한 사이즈입니다.'

겨우 열몇 번밖에 쓰지 못했네. 모든 물건이 그렇다. 살 때는 흥분해서 사지만 피크닉이든 캠핑이든 그리 자주 가게 되지는 않는 법이다. 우리 집에는 그렇게 본전도 뽑지 못한 물건들이 아주 많을 것이다.

옥션용 ID는 '서니 데이'로 했다. 성별을 알 수 없는 상큼한 ID가 좋겠다고 생각했기 때문이다.

자료를 올리기 위해 마지막 클릭을 하는 순간에는 다소 용기가 필요했다. 이제 물릴 수 없다. 불필요한 문제가 생기지 않기를, 좋은 사람에게 낙찰되기를, 노리코는 마음속으로 기도했다. 무슨 일이든 첫 경험에는 가슴이 두근거린다.

사흘 동안 아무런 소식이 없었다. 입찰자가 한 명도 나타나지 않아, 입찰자 수를 나타내는 난에 옆으로 작대기가 죽 그어져 있을 뿐이었다. 어제 수업 참관을 하러 갔다가 자기 자식만 손을 들지 않는 광경을 보고 있는 심정이었다.

동시에 노리코는 자기가 올린 것 외에도 피크닉 테이블이 여럿 출품되어 있는 것에 놀랐다. 대부분 신품이었다. 한 번도 사용하지 않았다는 것은 무슨 뜻일까? 남편인 기요시에게 물어봤더니 "업자겠지, 뭐." 하고 시큰둥하게 대답했다. 부도가 난 소매점에서 헐값에 넘긴 물건을 인터넷에 내다 파는 업자가 적지 않은 모양이다.

흐음, 그렇구나. 노리코는 기운이 쭉 빠졌다. 세상은 15년 동안 전업 주부로 살아온 노리코가 주눅 들기에 충분할 만큼 힘센 자가 판을 치고 있다.

그래도 아직은 희망이 있다. 다른 물건들은 최저 입찰가가 거의 5천 엔 이상이었다. 최저가 천 엔인 노리코의 물건은 중고라는 점만 빼면 현재 가장 싼 가격이다.

싼 가격 덕을 봤는지 나흘째가 되자 첫 입찰자가 나타났다. 모니터의 입찰자 난에 '1'이라는 숫자가 찬란하게 빛났다. 노리코는 자신도 모르게 만세를 부르고 말았다. 입찰가는 1200엔, 높지 않은 가격이지만 그래도 가슴이 부풀었다.

그다음 날에는 숫자가 '2'가 되었다. 새 입찰자가 참전한 것이다. 마치 자신을 사겠다는 사람이 나선 것처럼 반가웠다.

"있지 있지, 입찰자가 두 명이나 들어왔어."

때마침 등 뒤로 지나가던 유카를 붙잡고 말했다.

"뭐? 뭔 소리야?"

유카는 냉장고를 열고 주스를 꺼내 마셨다.

"에계, 겨우 1500엔 가지고."

노리코가 설명하자, 유카는 모니터를 들여다보면서 시시껄렁하다는 듯이 말하고는 2층으로 사라졌다.

계집애, 매정하기는. 노리코는 한숨이 나왔다.

하지만 부모 자식이란 그런 것이다. 노리코 자신도 십 대에는 부모가 거치적거려 견딜 수가 없었다.

입찰자가 두 명으로 늘어난 후부터 노리코는 툭하면 컴퓨터 앞에 앉아 옥션을 들여다보았다. 일상의 조촐한 낙이 된 것이다. 하한가를 낮게 올려 득을 보았는지 입찰자가 점차 늘어나면서 가격도 올라갔다. 경매 마감일을 하루 남겨 놓은 시점에는 다섯 명이 참가, 최고액은 2250엔이 되었다. 배송료까지 따지면 더 올라가기가 쉽지 않을 테지만 이미 금액이 문제가 아니었다. 노리코는 반응이 있다는 것 자체가 기뻤다.

마지막 날 밤 11시, 마감 시간에 야마모토가의 피크닉 테이블은 낙찰되었다. 낙찰 가격 2500엔에 낙찰자는 '펌프킨 1호'라는 귀여운 ID의 인물이었다. 노리코는 상대가 여자일 거라고 짐작하고는 알게 모르게 안도했다. 같은 여자끼리라 마음이 편했다.

노리코는 그 밤에 당장 메일을 보냈다. '낙찰, 감사합니다.'란 인사말과 함께 이쪽의 주소와 이름, 지불 계좌 번호, 그리고 지역별 배송료를 통보했다. 이때도 긴장했다. 알지도 못하는 사람에게 개인 정보를 알리는 셈이니, 부디 성가신 일이 생기지 않기를 노리코는 두 손 모아 기도했다. 몇십만, 몇백만 인구가 이용하는 옥션이다. 어지간해서는 불상사가 생기지 않으리라.

다음 날, 남편과 아이들을 배웅한 후에 노리코는 조심스레 컴퓨터를 켰다. 그러자 낯선 이름의 여자로부터 메일이 와 있었다. 심장이 쿵쿵거렸다. 메일 제목에 '낙찰자입니다.'라고 씌어 있었다.

'안녕하세요. 이번에 피크닉 테이블을 낙찰받은 아무개입니다. 곧바로 연락해 주셔서 감사합니다. 오늘 인터넷 뱅킹으로 낙찰가+배송료, 합 3800엔을 지정 계좌로 송금했습니다. 확인해 보세요.'

아, 다행이다. 잔뜩 긴장하고 있었는데. 어깨에서 힘이 쭉 빠져나갔다. 상대는 상식 있고 예의 바른 여자다. 간결하고 사무적인 문장도 마음에 들었다. 괜히 친근하게 굴거나 반말 투였다면 오히려 경계심을 품었을지도 모른다.

상대는 니가타 사람이었다. 먼 곳이라 더욱 안심이었다. 타인과는 거리가 있는 편이 좋다.

노리코는 자전거를 타고 곧바로 역 앞에 있는 은행으로 달려갔다. 자동 인출기에서 통장을 정리했다. 틀림없이 들어와 있었다. 정말 신속한 사람이로군. 자신도 그에 맞게 행동하고 싶었다.

서둘러 집으로 돌아와 피크닉 테이블을 포장하기 시작했다. 상자가 없어 뽀글뽀글한 비닐 시트(뭐라고 하는지 모르겠다)로 둘둘 감고 천 테이프로 단단히 여몄다. 고맙다는 편지도 곁들였다. 그리고 12킬로그램이나 되는 짐을 들고 걸어가 동네 우체국에서 택배로 보냈다. 우체국 택배로 보내면 배달 확인 통지를 해 주기 때문에 안심이다. 이제 내일이면 저쪽에 배달될 것이다.

모든 일을 다 끝내자 속이 후련해지면서 충만감이 끓어올랐다. 혼자 힘으로 옥션을 통해 물건을 팔기는 처음이었다. 오랜만에 세상살이에 참여한 기분이 들었다.

집으로 돌아가는 길에 살짝 샛길로 빠져 평판이 자자한 케이크 가게에 들렀다. 평소 같으면 살까 말까 망설였을 고급 케이크 다섯 조각을 사는 데에 2500엔을 다 써 버렸다. 불로소득이라 그런지 아깝다는 생각은 없었다.

집으로 돌아와 홍차와 함께 몽블랑 한 개를 먹었다. 나머지는 저녁을 먹고 나서 가족과 함께 먹기로 했다. 아이들도 신나라 할 것이다.

밤 크림이 사르르, 혀에 휘감기듯 맛있었다. 왠지 행복한 기분마저 들었다.

다음 날 낮, 옥션을 관리하는 회사에서 메일이 왔다. 제목은 '당신의 옥션 평가'. 들여다보니 이렇게 씌어 있었다.

'펌프킨 1호로부터 아주 좋다,로 평가되었습니다. 앞으로도 많이 이용해 주시기 바랍니다.'

낙찰자의 댓글도 첨부되어 있었다.

'서니 데이 님은 훌륭한 판매자였습니다. 송금한 다음 날 바로 물건을 받았습니다. 신속한 대응에 감사드립니다. 물건에도 하자가 없었습니다. 감사합니다.'

노리코는 뛸 듯이 기뻤다. 타인에게 칭찬을 받다니, 이게 몇 년 만일까. 고마운 사람은 오히려 노리코였다. 새삼스레 옥션 사용법을 읽어 보았더니 이용자는 상대를 평가하게 되어 있었고, 그 평가는 다른 이용자에게 정보를 제공하는 의미에서 사이트상에 공개되었다. 자신도 당장 평가 메일을 쓰기로 했다.

'펌프킨 1호 님도 훌륭한 낙찰자였습니다. 송금을 곧바로 해 주어 옥션을 자주 이용하는 분이란 인상을 받았습니다. 저는 옥션에 처음 출품하는 것이라서 많이 긴장했는데, 좋은 분에게 물건을 넘길 수 있어 기뻤습니다. 감사합니다.'

'아주 좋다'를 클릭하고 컴퓨터를 껐다. 의자 깊숙이 등을 기대고 두 팔을 쭉 올려 기지개를 켰다. 노리코는 아주 좋은 걸 발견했다 싶은 생각이 들었다. 머릿속은 벌써 다음에는 뭘 팔까를 궁리하고 있었다.

'오후에는 창고와 벽장 정리를 좀 해야겠어.'

불필요한 것들이 잔뜩 쌓여 있을 것이다. 가족 네 명이 7년 넘게 산 집이다.

2

 옥션 이용 제2탄으로 헬스 기구를 팔기로 했다. 부부 침실 한구석에 놓여 있는 매달리기 기구는 거치적거릴 정도는 아니어도 침실 분위기를 망치는 통에 늘 불만스러웠다. 남편에게 물어보았더니 이의를 제기했다.
 "팔 것까지야 없잖아. 그래도 가끔 매달리면 등 근육이 착 펴져서 시원한데."
 "마지막 매달린 게 언제였는데?"
 노리코는 되물었다.
 "글쎄, 지난달이었나."
 그래서 무시하기로 했다.
 노리코 자신도 간혹 사용하기는 한다. 뭉친 어깨 근육이 풀려서 애지중지하기도 했다. 하지만 지금은 처분하고 싶은 마음이 강했다.
 분해해서 보내야 마땅하겠지만 설명서를 고릿적에 잃어버려서 있는 그대로 팔기로 했다.
 '4년 전에 8천 엔 정도 주고 구입한 매달리기 헬스 기구입니다. 계속 실내에서만 사용했기 때문에 깨끗하고 흠집도 없습니다. 어깨 근육이 잘 뭉치는 분에게 최고입니다. 사이즈는…….'

짧은 문장이나마 이렇게 쥐어 짜내기도 오랜만이었다. 어째 카피라이터라도 된 기분이었다. 그럴싸한 글이 나오면 참으로 기뻤다.

덩치도 비교적 크고 각진 부분이 많아 배송료가 많이 드는 만큼 가격은 싸게 책정하기로 했다. 어차피 돈이 목적이 아니기에. 단돈 500엔에 올렸다.

그러자 자료를 올리기가 무섭게 입찰자가 몇 명이나 나타났다. 사흘째에 열 명을 넘어설 만큼 인기였다.

"어머나 어머나, 이게 웬일이래니?"

마침 부엌에 들어온 유카를 잡고 물었다.

"내가 어떻게 알아."

유카는 또 쌀쌀맞게 대꾸했다.

다른 사이트에 출품된 물건을 보고 나서야 인기의 이유를 알았다. 요즘 나온 매달리기 기구는 복근 강화 기능까지 추가되면서 대형화한 데다 가격도 신품이 1만 엔을 훌쩍 넘었다. 노리코가 경매에 올린 것은 매달리기 기능만 있는 단순한 것이라 오히려 대접을 받는 것이었다.

물건의 인기가 마치 자신의 인기만 같았다. 여기저기 오라는 데가 많았던 것도 처녀 시절 잠깐뿐, 결혼한 후로는 한 번도 그런 적이 없었다. 아, 들이쉬는 공기까지 상쾌했다.

매달리기 헬스 기구는 3천 엔에 낙찰되었다. 피크닉 테이블

보다 비싸게 팔렸으니 대성공이었다. 낙찰자는 가나가와에 사는 여자였다. 이런 기구를 갖고 싶어 하는 것으로 보아 중년이지 싶었다.

계좌를 확인하자마자 우체국에 연락을 취했다. 덩치가 커서 노리코 혼자서는 옮길 수 없었기 때문이다. 친절하게도 젊은 직원이 짐을 가지러 와 주었다. 우체국의 민영화, 대찬성이다.

물건이 상대방에게 도착했을 즈음, 사이트 관리 회사로부터 메일이 왔다. 노리코에 대한 평가는 지난번처럼 '아주 좋다'였다. 상대의 댓글은 '구식 매달리기 기구를 찾고 있었는데 마침 원하던 것을 발견하고 얼마나 기뻤는지 모릅니다. 서니 데이 님, 감사합니다. 소중하게 잘 쓰겠습니다.'였다.

타인이 내게 감사해하다니, 이 얼마나 멋진 일인가. 당연히 상대에게도 '아주 좋다'는 평가를 내렸다. 답글도 올렸다. 같은 하늘 아래 사는 엇비슷한 중년 여자 하나가 컴퓨터 앞에 앉아 기뻐할 것을 생각하니 가슴이 벅찼다.

노리코는 그 3천 엔으로 책을 사기로 했다. 지난 몇 년 동안 단행본은 사 본 일이 없었다. 읽고 싶은 책은 대충 도서관에서 빌려 읽었다. 이 동네 주부들은 모두 그렇게 한다.

잡지에 실린 에세이를 읽고서 마음에 들었던 작가의 소설 세 권을 샀다. 책을 계산대에 올려놓을 때는 조금 자랑스럽기까지 했다. '나, 이런 소설도 읽는다고요.' 주위에 포스를 풍기며 그렇게 어필했다.

 소설은 그런대로 재미있다 싶은 정도였지만, 책을 읽는 자신이 유쾌했다. 여유란 이런 것인가, 하고 새삼 생각했다.

 다음에는 뭘 팔지……. 눈으로 활자를 더듬는 한편, 머릿속으로는 그런 생각을 했다.

 학부모회에 가려고 화장대 앞에 앉아 화장을 할 때, 처음 그것을 알았다. 눈가에 주름 하나가 사라지고 없었다. 어머나, 하면서 눈에 힘을 주고 보았다. 틀림없었다.

 올해 생겨난 그 주름 하나는 지금까지 있던 것과는 깊이가 달라 노리코를 우울하게 했다. 마흔두 살이란 나이를 새삼스럽게 자각하고는, 앞으로는 늙어 갈 일만 남은 것 같아 일말의 서글픔을 느꼈다. 그것이 사라진 것이다.

 이런 일이 있을 수 있을까. 주름이 저절로 없어지다니, 들어 본 적 없는 일이었다.

 귀신에게 홀린 기분으로 거울을 들여다보았다. 그러고 보니 요 며칠 동안 파운데이션이 잘 먹었다. 얼굴에 펴 바르면 쫙 빨려 들어가듯이 피부에 스며들었다. 변비도 없어졌다. 매일 아침 변을 본다. 지난 몇 년 동안 고생했는데, 희한한 일이었다.

 아무튼 주름이 없어졌다는 것은 환영할 일이다. 아니 환영

정도가 아니다. 메가폰을 들고 다니며 동네방네 떠들고 싶을 정도다. 실제로 지금 당장 소리라도 지르고 싶은 것을 꾹 참고 있다.

당연히 오늘 외출이 즐거워졌다. 바지 대신 타이트스커트를 입기로 했다. 화장에도 정성을 들였다. 향수도 뿌렸다.

집을 나서 길을 걸어가는데도 절로 가슴이 쫙 펴졌다. 상점가 윈도에 비친 자신의 모습을 황홀하게 바라보기도 했다. 오래도록 이런 일이 없었는데. 겨우 주름 하나 가지고. 마음 속 냉정한 자신은 피식피식 웃고 있었다.

중학교 체육관에 도착해 얼굴을 아는 엄마들과 인사를 나누었다. 여자들끼리다 보니 어쩔 수 없이 서로의 차림새와 화장을 살피게 된다. 전업 주부는 밖으로 나갈 기회가 많지 않으니까 학부모 모임 때라도 멋을 부린다.

노리코는 오늘은 자신이 이긴 기분이었다. 피부에 탄력이 있으니 이미 꾸미고 치장하고의 문제가 아니다.

젊게 차리고 다니기로 유명한 같은 반 엄마가 놀란 표정으로 노리코를 보았다. 자신을 의식하고 있다는 느낌이 왔다. 나이가 같아 사이좋게 지내는 한 엄마는 이렇게 물었다.

"어머나, 머리 스타일 바꿨어?"

"아니, 늘 하던 대로인데."

여유만만하게 대답했다.

"그런데, 어째 인상이 좀 다르네. 젊어 보이는 것 같기도 하고."

"고마워."

여학생처럼 슬쩍 껴안으며 말했다.

노리코는 확신했다. 자신이 빛나고 있다고.

평소에는 가만히 앉아 각종 보고만 들었던 모임인데, 오늘은 질문을 했다. 자신도 모르게 손을 들고 만 것이다.

"학교의 안전에 대해서 구체적인 대응책은 있는 것인가요? 요즘 들어 학교에 침입 사건이 잇따르고 있어서, 학부모로서 그 점을 걱정하지 않을 수 없군요."

말하면서도 스스로 놀랐다. 선생들의 표정이 갑자기 굳어졌다. 그리고 허둥거리며 현재 별다른 대응책이 없다고 인정하고 조속히 대책을 마련하겠노라고 약속했다. 그 순간 노리코를 보는 주위 사람들의 눈빛이 달라졌다. 자신감이란 참 무서운 것이라고, 노리코는 마치 남의 일처럼 생각했다.

모임이 끝나자 학부모회장이 다가와 친근하게 말을 걸었다.

"야마모토 씨, 다음번에는 우리, 같이 일해 보지 않을래요? 다들 그만두겠다고 해서."

"무슨 말씀을요. 제가 어떻게……."

허둥지둥 손을 흔들며 사양했다. 하지만 전혀 싫지는 않았다. 남자가 내게 무슨 부탁을 하다니, 이 동네에 이사 와서 처음 있는 일이다.

 옥션에 출품할 만한 제3탄이 좀처럼 생겨나지 않았다. 불필요한 것들은 많은데 별 값어치가 없는 것을 내다 팔자니 뻔뻔스러운 것 같아 꺼려졌다.
 유헤이의 씽씽이는 좀 그렇지. 살 때도 5천 엔밖에 하지 않았고, 요즘 세상에 씽씽이를 타고 노는 아이는 없다.
 유카의 작아진 스웨터. 그것도 좀 그렇지. 명품이나 되면 몰라도, 할인 매장에서, 그것도 세일할 때 산 것이다.
 이리저리 궁리하면서 집 안을 샅샅이 뒤졌다. 어차피 출품하는 거, 입찰자가 많이 몰릴 만한 물건이 좋다. 싹 무시당해 한 명도 나타나지 않으면 비참한 기분이 들 것 같았다.
 계단 아래 창고에서 남편의 기타가 나왔다. 검고 딱딱한 케이스에 'YAMAHA'라는 로고가 새겨져 있었다. 기요시가 서른 살 때쯤에 노리코에게 말 한마디 하지 않고 산 것이었다.
 "악기점을 구경하다 보니까 옛날 생각이 나서 그만 충동구매를 하고 말았어."
 사 들고 와서는 아마 그런 말을 했었지. 중고품이라고 둘러대기에 용서해 주었다. 처음에는 손톱으로 줄을 퉁기면서 서툴게나마 이글스의 곡을 흥얼거렸는데, 지난 몇 년 동안은 건드린 적도 없다. 기억을 거슬러 더듬어 보았지만, 이 집을 산 후로 기타를 안고 있는 남편의 모습은 떠오르지 않았다. 그러니까 벌써 7년이 넘은 셈이다.

팔아 버릴까, 나도 말 한 마디 없이. 노리코의 내면에서 검은 마음이 스멀스멀 기어올랐다. 기요시에게 물어봐 봤자 안 된다고 하면서, "기타에 담긴 추억이 많단 말이야."라고 제 주장만 할 게 뻔하다.

좋아, 결정했어. 나만 잠자코 있으면 알 길이 없다. 국산이고, 그리 비싼 것도 아닐 것이다. 게다가 악기는 반드시 입찰자가 나타날 것이라고 생각했다. 기타를 배우고 싶어 하는 사람은 얼마든지 있다. 그런 사람들은 처음에는 중고 싸구려를 원한다.

당장에 디지털 카메라로 사진을 몇 장 찍었다. 본체의 구멍 속에 라벨이 붙어 있기에 그것도 찍었다. 'FG-180'. 아마 모델 번호이리라.

'몇 년도에 제작한 것인지는 모르겠지만 야마하 FG-180이라는 어쿠스틱 기타입니다. 7년 넘게 사용하지 않았지만 휜 곳도 없고 흠집도 없습니다. 하드 케이스도 있습니다. 앞으로 기타를 배우고 싶으신 분, 어떠세요?'

그렇게 댓글을 달았다. 자, 이제 얼마부터 시작해 볼까. 악기 카테고리를 훑어보았더니 어쿠스틱 기타는 대체로 5천 엔 전후가 많았다.

노리코는 500엔부터 시작하기로 했다. 엄청 오래된 중고품이라 욕심을 부릴 수 없었다. 그렇게 출품했더니 그날 당장 입찰자가 몇 명이나 나타났다. 입찰가도 단박에 5천 엔을 넘어섰다.

"어머나."

노리코는 자기도 모르게 소리를 내질렀다. 기타는 인기가 많은 모양이네. 그런데 문득 생각해 보니 상황이 납득이 갔다. 바이올린이나 피아노 등, 나무를 사용한 악기는 세월이 흐른다고 값어치가 떨어지지는 않는다. 명기라고 하는 것은 오래될수록 비싸기도 하다. 기타도 같은 부류가 아닌가.

노리코는 신이 났다. 5천 엔이 있으면 맛있는 것을 실컷 먹을 수 있다. 여동생을 불러내 호텔 런치를 먹으러 가는 호사를 부릴 수도 있다.

아무 일 없는 척 시침 뗀 표정으로 기요시를 대했다.

"여보, 나 좀 변한 것 같지 않아?"

혼자서 늦은 저녁을 먹는 기요시 앞에 앉아 그렇게 물어보았다.

남편이 고개를 들었다.

"웬 뜬금없는 소리야? 몸무게가 1킬로그램쯤 빠졌다, 뭐 그런 거야?"

시큰둥한 대꾸였다.

"그 정도 가지고 묻겠어?"

한숨이 나왔다.

"있지, 학부모회에 갔다 왔는데, 내가 젊어 보인대."

"여자들은 걱정이 없어 좋겠군. 서로 칭찬만 해 주면 만사형통이니까."

기요시는 바보 취급 하듯 웃으면서 턱을 쑥 내밀었다.

상대하고 싶은 마음이 순식간에 사라졌다. 그때 2층에서 유헤이가 내려왔다.

"유헤이, 엄마 있지, 학부모회장에게 임원으로 같이 일해 보자는 제안 받았다."

"그랬어?"

이쪽을 돌아보지도 않은 채 유헤이는 냉장고를 열고 주스를 꺼내 마셨다.

"아 참, 이번 농구 신인전, 엄마 보러 가도 돼?"

"안 돼."

유헤이는 그 자리에서 거절했다.

"부모들 아무도 안 오는데, 엄마만 오면 창피하잖아."

그러고는 툴툴거리며 부엌을 나갔다.

가족이란 엄마와 아내에게는 참 무관심하다. 집 안에 당연히 있는 것, 이라고밖에 여기지 않는다.

사흘 만에 기타 경매가가 2만 엔을 넘었다. 입찰자도 스무 명이나 나타났다. 노리코는 모니터를 뚫어져라 쳐다보면서 눈살을 찌푸렸다. 기쁘기보다는 당황스러웠다. 기타는 1만 엔만 주어도 신품을 살 수 있다.

갑자기 불안해져 'YAMAHA FG-180'을 검색해 보았다. 그러자 100건이 넘는 자료가 떴다. '빈티지 기타 명감'이라는 사이트가 있어서 열어 보았다.

'YAMAHA FG-180. 국산 포크 기타 1호. 우리나라의 포크 붐에 불을 댕긴 장본인. 프로도 아마추어도 이 기타를 환호했다. 당시 가격은 1만 8천 엔. 1966년에서 1970년에 걸쳐 5천 대가 생산되었다.'

노리코는 눈을 감았다. 이름 있는 기타가 아닌가. 국산 1호라니. 그렇게 값나가는 것이 어쩌다 우리 집 창고에 처박혀 있었을까.

현재 가격이 3만 엔 선이라서 그나마 안도했다. 모두들 적당히 냉정한 모양이다. 3만 엔 정도라면 죄의식도 반감된다.

기요시에게 솔직하게 털어놓자. 7년 동안이나 방치했으니, 남편에게도 잘못은 있다.

그런데 말할 기회를 엿보는 사이에 기요시가 느닷없이 출장을 가게 되었다. 지방으로 사흘간. 그사이 경매 기간이 마감되어 기타는 4만 2천 엔에 낙찰되었다.

'지방에 살다 보니 빈티지 기타를 좀처럼 구경할 수 없습니다. 제게 낙찰되어 큰 행운입니다. 사진만 보아도 얼마나 아름다운지, 더구나 그 귀중한 오리지널 케이스까지 있어 감격했습니다. 서니 데이 님, 감사합니다.'

아키타에 사는 낙찰자는 중년의 남자인 듯했다. 흐음, 오리지널 케이스 덕에 경매가가 올랐던 것이다. 마니아들의 세계는 알 수가 없다. 노리코는 마음을 접기로 했다. 만에 하나 남편이 기타가 어디 갔냐고 물으면 모른다고 딱 잡아뗄 요량이었다.

낙찰자는 '아주 좋다'고 평가해 주었다. 추신 메일을 보아하니, 물건의 상태도 꽤 좋았던 모양이다.

'무사히 도착했습니다. 소리의 울림이 최고입니다! 치다 보면 더 좋아지겠죠. 재삼 감사드립니다.'

중년 남자가 흥분해서 어린애처럼 좋아하는 광경이 눈앞에 어렸다. '!' 부호를 보자 노리코에게도 감동이 밀려왔다. 잘됐지, 뭐. 이렇게 좋아하는데. 어째 테레사 수녀라도 된 기분이었다.

뜻하지 않은 거금이 들어와 여동생과 둘이서 도심에 있는 호텔의 '당일 미용 코스'를 받으러 갔다. 점심으로 프랑스 요리를 먹고 사우나를 한 후에, 온몸에 빈틈없이 오일 마사지를 받고 아로마 향이 그윽한 방에서 안마 의자에 누워 낮잠을 잤다. 이런 호사를 누려 보기는 결혼하고 처음이었다.

3

"야마모토 씨, 요새 뭐 새로 시작했어?"
재활용 쓰레기를 수거하는 날, 동네 주부가 물었다. 아까부터 힐금힐금 노리코를 훔쳐보더니 궁금해서 못 참겠다는 표정으로 물은 것이다.
"뭐를 시작하다니?"
"그러니까 헬스를 다닌다든지, 새로운 미용법을 시작했다든지 말이야."
"그런 거 없는데."
입술을 뾰족 내밀며 대답했다.
"매일 집안일에 허덕거릴 뿐인 주부가 뭘 하겠어."
"그런가. 피부가 요렇게 빤질거리는데."
주부는 서슴없이 노리코의 볼을 만졌다.
"이건 신진대사가 좋아서 그런 거라고. 운동하고 있지?"
"아니라니까."
노리코는 피식 웃었다.
"그럼 에스테틱?"

"며칠 전에 호텔에서 오일 마사지는 한 번 받았지."
"그럼 그건가 보다. 내게도 좀 가르쳐 줘."

심각하게 묻기에 깔깔거리고 웃었다. 그럴 리가 있나, 딱 한 번이었는데.

하지만 춤이라도 추고 싶었다. 가족은 알아차리지 못해도 알아주는 사람이 있다.

집에 돌아와서 거울을 뚫어져라 쳐다보았다. 과연 피부가 탱탱했다. 볼 전체가 바짝 치켜 올라간 느낌이었다. 그런 말을 들어서가 아니다. 젊어진 것이다.

노리코는 마음에 짚이는 것을 찾았다. 호텔에서 마사지를 받은 것 말고는 딱히 한 일이 없다. 그 주름 하나도 저절로 없어진 것이다. 억지로 이유를 갖다 붙이자면 인터넷 옥션에 푹 빠져 새로운 낙이 생겼을 뿐이다.

두 손으로 뺨을 마사지하면서 생각했다. 있을 수 없는 일은 아니다. 여배우는 타인의 시선을 받으면서 아름다워진다고 하지 않는가. 여자는 마음먹기에 따라서 얼마든지 변한다. 나는 옥션에서 낙찰자에게 '아주 좋다'는 평가와 감사를 받아 자신감을 얻고 젊어졌는지도 모른다.

그렇다면 문제는 다음에 팔 것이다. 노리코는 또 집 안을 샅샅이 뒤졌다.

이제는 사용하지 않는 가방, 안 입는 옷, 건전지를 갈아 끼

우지 않은 채 방치되어 있는 손목시계……. 아, 다 쓸모없는 것들이다. 명품 정도나 되면 몰라도 모두 이름 없는 물건들이다. 벼룩시장에나 내다 팔아야 할 잡동사니다.

차라리 가구를 출품해 볼까. 이 집으로 이사 올 때 손님용으로 식탁 의자를 두 개 더 샀는데, 한 번도 사용하지 않았다. 조립식 창고에서 푹푹 썩고 있다. 싸구려지만 새것이나 다름없으니까 필요한 사람이 있을지도 모른다. 빨간 쿠션도 앙증맞다.

좋아, 그걸로 하자. 노리코는 의자 사진을 찍어 곧바로 옥션에 올렸다.

'7년 전에 손님용으로 산 나무 의자입니다. 거의 사용하지 않고 창고에서 잠만 잔 터라 신품이나 다름없습니다. 구입 가격은 개당 5천 엔 정도였다고 기억합니다. 사이즈는……'

이제 이런 문장을 쓰기는 식은 죽 먹기다. 솔직하게 쓰는 것이 신용을 얻는 지름길이라는 것도 알았다. 미사여구는 오히려 경계심을 부추긴다.

경매 하한가는 천 엔으로 잡았다. 목표액은 4천 엔이다. 평일 낮에 생선초밥 특상을 시켜 먹을 수 있으면 좋겠다.

그런데 의자에는 도통 입찰자가 나타나지 않았다. 매일 틈만 나면 모니터를 들여다보는데, 그럴 때마다 막대기가 썰렁하게 옆으로 죽 그어져 있을 뿐이었다. 마감까지 24시간밖에 남지 않았는데도 아무 반응이 없었다.

노리코는 낙담했다. 그래서 그런지 피부도 윤기를 잃은 듯했다. 좀 더 매력적인 물건을 올려야겠다. 브랜드 제품이나 쉬이 구할 수 없는 것.

유찰될 각오를 하고 있는데, 마감 몇 분 전에 입찰자가 한 명 나타났다. 경쟁 상대가 없어 낙찰가는 하한가인 천 엔이었다. 입찰자가 한 명도 없으니 '천 엔 정도면.' 하고 사기로 한 것이리라. 그럼 어때. 무시당하는 것보다는 낫지. 낙찰자는 사이타마에 사는 남자였다.

마음을 가다듬고 의자를 포장했다. 입금을 확인하고 우편 택배로 보낸다. 받는 사람이 혼자 사는 학생이거나 신혼부부라면 좋겠는데, 하고 공상을 했다. 상대가 마음에 들어 하면 그것으로 족하다.

다음 날, 메일이 왔다. 상대의 평가는 '보통'이었다. 보통? 노리코는 얼굴이 화끈 달아올랐다. 왜 '아주 좋다'가 아니지?

'의자 하나의 다리 부분에 흠집이 있습니다. 크지는 않지만 다음부터는 사진을 찍어 올려 주십시오. 판단의 자료가 될 테니까요.'

흠집이라니, 모퉁이에 살짝 부딪쳐 파인 자국에 불과하다. 아무리 그래도 그렇지, 너무 까다롭게 군다. 그리고 겨우 천 엔에 사면서 그렇게 자잘한 트집까지 잡을 거야 없지 않은가.

분개하면서 계속 읽다 보니 마지막에 '그 밖에도 사용하지 않는 가구가 있으면 사겠습니다. 직접 메일을 주십시오.'라는 글이 있었다.

노리코는 혀를 찼다. 보나 마나 업자다. 유찰될 물건을 골라 헐값에 사들여서 되팔려는 속셈이다.

정말 징그러운 세상이다. 괜히 출품했다. 게다가 '보통'이라니. 매너조차 모르는 중년 남자다.

화가 치밀어 상대의 평가를 무시했다. 그래 봐야 상대는 끄떡도 하지 않을 테지만.

짜증을 부리며 거울을 들여다보았더니, 세상에, 주름이 어느 틈에 부활해 있었다. 얼굴에서 순간적으로 핏기가 가셨다.

대체 무슨 일이람. 기껏 젊어졌다 싶었는데. 노리코는 당장에 우울해졌다.

이번 경매 건 탓이다. 평가받지 못한 불만이 피부에 나타난 것이다.

거실 소파에 엎드려 쿠션에 얼굴을 묻었다. 그런데도 머리에는 '다음에는 뭘 팔지' 하는 생각만 떠올랐다. 이 짜증스러움은 옥션으로 푸는 길밖에 없다. 값어치 있는 것을 출품해서 좋은 평가를 받는 것이다.

노리코는 스스로를 부추기며 일어났다. 그리고 다시 한번 집 안을 점검해 보기로 했다.

"당신 턴테이블, 옥션에 팔아도 돼?"

밤늦게 들어온 기요시에게 물었다. 노리코의 손가락은 정원에 있는 조립식 창고를 가리키고 있었다. 레코드가 차곡차곡 담긴 상자 안에서 낡은 턴테이블을 발견한 것이다.

"안 돼. 요즘 턴테이블이 얼마나 귀한데."

기요시는 녹차에 만 밥을 먹으면서 말도 안 되는 소리라는 듯이 대답했다. 물론 예상하고 있었다. 남편은 젊은 시절에는 외국의 록 뮤직만 죽어라 들었다.

"요즘은 통 듣지도 않으면서."

CD 컴포넌트를 산 후 LP는 나설 자리가 없었다.

"언젠가는 또 들을 거야. 유카와 유헤이가 제 갈 길을 찾아 떠나면 제대로 된 스피커 사서 다시 들으면서 내 노후의 낙으로 삼을 거라고."

"알았어……."

노리코는 그쯤에서 물러나기로 했다. 노후의 낙이라는 말을 듣고 등줄기가 오싹해졌다. 자칫해서 기타 생각이 나면 큰일이었다.

"당신 옥션에 너무 빠진 거 아니야?"

"빠지기는."

도리질을 하면서 얼버무렸다. 아차 싶었다. 기타 얘기를 꺼낼지도 모른다.

기요시가 젓가락을 내려놓고 무슨 말을 하고 싶은 표정으로 노리코를 쳐다보았다.

"왜? 당신도 많이 늙었다, 그런 소리를 하고 싶은 거야?"

일부러 시비를 걸었다.

"그럴 리가 있나. 괜히 삐딱하게 굴지 마."

"내가 뭘 삐딱하게 굴었다고."

노리코는 일어나 싱크대로 가서 설거지를 시작했다.

"당신 설마, 인터넷 채팅 같은 것에 넋 빼고 있는 거 아니겠지?"

기요시가 툭, 그런 말을 뱉었다.

"회사에 그 때문에 고민하는 후배가 있더라고. 부인이 애들 뒤치다꺼리가 줄어드니까 얘기할 상대를 찾느라 아주 인터넷에 중독이 되었대."

"채팅이 뭔데?"

몰라서 물었다.

"모르면 다행이고. 요즘 늘 컴퓨터 앞에 앉아 있기에, 혹시나 하고 좀 걱정했지."

"어머나, 당신이 그랬어? 걱정해 줘서 고마워."

천만다행이다. 기타는 망각의 저편에 있다. 노리코는 안도했다.

남편 물건은 건드리지 말자. 괜히 긁어 부스럼을 만들고 싶지 않다.

 신주쿠에서 쇼핑을 하고 기노쿠니야 서점에 들렀다가 노리코는 좋은 아이디어가 떠올랐다. 저자 사인본이 잔뜩 쌓여 있는 것을 보고서, 이걸 옥션에 팔아 보자고 생각한 것이다. 지방에 사는 팬이라면 침을 꿀꺽 삼킬 만큼 구미가 당길 것이다. 사서 읽어 본전을 뽑고는 정가보다 높게 판다. 일거양득이다.
 사인본의 저자는 오쿠야마 히데타로라는 듣도 보도 못한 작가였다. 하지만 상관없다. 유통된 부수가 적을수록 값어치가 나간다. 게다가 컬트적 인기가 있다면 최고다.
 당장에 사서 읽어 보니 말도 안 되는 코믹 소설이었다. 슬쩍 불안해졌다. 그런데 인터넷에 들어가 저자명을 검색해 보고 사인회를 연 적 없는 괴팍한 작가라는 것을 알고는 용기가 생겼다. 옥션에도 이 작가의 사인본은 출품돼 있지 않았다. 희소가치가 있을 듯했다.
 정가의 반값으로 올렸더니 순식간에 입찰자가 몇 명 나타났다. 가슴이 따끈해졌다. 이 순간을 좋아한다. 매일 입찰 상황을 보는 것이 낙이 되었다.
 일주일 후, 정가 1600엔짜리 책이 3천 엔에 낙찰되었다. 가고시마에 사는 여자인데, 그 작가의 열렬한 팬이라고 한다.

'시골 책방에서는 절대 사인본을 구할 수 없죠. 열렬한 팬인데 정말 기뻐요. 가보로 삼을게요. 서니 데이 님, 감사합니다.'

그리고 평가는 '아주 좋다'였다. 아, 다행이다. 안도와 함께 온몸이 찌릿해지면서 닭살이 돋았다. 피부도 팽팽하게 탄력을 되찾는 느낌이었다. 거의 엑스터시라고 해도 좋을 정도였다.

이거야, 바로 이거. 이렇게 해서 여자는 아름다워지는 것이다.

노리코는 그 3천 엔으로 바라고 바라던 생선초밥 '특'을 시켜 먹었다. 아이들이 생기면서 내내 회전 초밥 신세를 면치 못한 터라 더욱 맛있었다. 붕장어는 혀 위에서 사르르 녹는 것 같았다. 먹고 난 그릇은 가게에 들고 가 직접 돌려주었다. 아이들 눈에 띄면 보나 마나 투덜거릴 테니까.

그리고 변비와 예의 주름이 사라졌다. 집에서 혼자 좋아라 하며 주먹을 불끈 쥐고 승리의 포즈를 취했다.

4

지금 노리코의 머릿속은 온통 인터넷 옥션뿐이다. 틈만 났다 하면 온 집 안을 샅샅이 뒤져 팔 만한 것을 찾았고, 서점에 가면 혹시나 사인본이 없을까 하고 눈을 희번덕거렸다.

매일 옥션을 들여다보면서 알게 된 것도 있었다. 일부 단골이 거의 쉴 새 없이 무언가를 출품하고 있었다.

한 사람이 이 코너에는 사와다 겐지의 콘서트 팸플릿을, 저 코너에는 비상용 라디오를 출품한 경우도 있었다. 양쪽 다 집에 있다고 거치적거리는 것도 아니고 값나가는 것도 아니다. 아무리 생각해 봐도, 이건 거의 취미지 싶었다.

노리코는 자신과 비슷한 주부가 아닐까 하고 생각했다. 대부분의 이용자는 별문제 없이 거래가 성립되고 상품에 하자가 없으면 '아주 좋다'라고 평가한다. 타인에게 칭찬받은 적이 없는 주부는 눈에 보이지 않는 칭찬 하나에도 기뻐한다. 그리고 그런 충족감을 느끼고 싶어 매번 옥션에 참가하게 된다.

피식 웃는 한편 공감이 갔다. 너나 나나 모두 똑같다. 사람은 관계를 원한다.

노리코는 망설인 끝에 커피 잔 세트를 출품하기로 했다. 자동차를 살 때 딜러가 선물한 것인데, 한 번 쓰고는 처박아 두었다. 접대용으로 쓸 요량이었지만, 메이커의 로고가 궁상스럽고 딱 봐도 받은 물건이라는 티가 나서 쓰기가 꺼려졌다.

한 번 사용한 것이라 꺼림칙했지만, 5인용이니까 필요한 사람이 어딘가에 있을 것이다. 가족이 많은 집이나 조그만 회사나.

천 엔부터 시작하기로 했다. 한 번 사용했다는 것도 솔직하게 덧붙였다.

'끓는 물에 소독해서 상자에 담아 보내 드리겠습니다.'

그렇게 댓글을 달아 출품했다.

그러자 예상했던 것과 달리 입찰자가 쇄도했다. 정말? 노리코의 눈이 휘둥그레졌다. 'HONDA'라는 로고가 있어서 그런가? 여자의 감각으로 봐서는 거슬릴 뿐인데.

가만 생각하니 납득이 갔다. 이건 샤넬이나 구치의 로고와 마찬가지다. 역시 한정품은 제값을 한다.

믿기지 않지만, 커피 잔 세트는 1만 엔에 낙찰되었다. 노리코는 밤중에 혼자서 만세를 불렀다. 미장원에 가야지. 머리 스타일을 바꾸고, 긴자에 가서 영화를 보는 거다.

여러 사람에게 변했다는 소리를 들었다. 동네 아줌마와 학부모회 엄마들이 "어머, 왜 그렇게 예뻐졌어?" 하고 눈을 치켜떴다. 직접 말은 하지 않아도 놀란 표정으로 쳐다보는 일도 몇 번이나 있었다.

잔뜩 멋을 부리고 긴자 거리를 걸을 때에는 고급 부티크의 안내 책자를 건네는 사람도 있었다. 돌아보니, 촌스런 아줌마는 그냥 지나치고 예쁜 여자들에게만 배부하고 있었다. 우쭐해졌다.

잠시 쉬려고 들어간 카페에서 근처 테이블에 앉은 중년의 회사원이 자꾸 힐금거릴 때는 진짜 가슴이 설레었다. 제멋에 겨워 그렇게 착각한 것이 아니라 정말, 꽤 멋진 여자인데, 하는 눈빛이었다.

노리코는 자신감이 불끈불끈 솟았다. 학부모회 임원, 해 보는 것도 괜찮겠지. 그런 생각이 든 것도 다 인터넷 옥션 덕분이다.

문제는 그다음 팔 것인데, 밑천이 달렸다. 우리 집에는 쓸 만한 물건이 이제 하나도 남지 않았다.

옥션을 뒤지면서 다들 어떤 물건을 출품하는지 체크하고 있는데, 퇴근해서 들어온 기요시가 뒤에서 들여다보았다.

"매일 밤 대체 뭘 하는 거야?"

"왜 어때서, 내 취미 생활인데."

"취미 한번 고상하군."

깐죽거리는 말투에 노리코는 화딱지가 났다. 하지만 또 마음을 가다듬고 외식 한번 하자고 조르기로 했다.

"다음 주 수요일이 내 생일이잖아. 나 이탈리안 레스토랑에 가고 싶은데."

멋 부리고 외출하고 싶었다. 그것도 밤에.

"아이들은 어쩌고?"

"중학생인데, 뭐. 가끔은 아이들끼리 집 보라고 하고 우리 둘이 외출하는 것도 좋잖아."

"하기야, 가끔은 좋을지도 모르지. 하지만 아쉽게 되었습니다. 나, 다음 주 내내 긴키로 출장 가야 하거든."

노리코는 말없이 이를 악물었다. 기요시가 헤실헤실 웃은 것처럼 보였기 때문이다.

"선물 사 올게. 이세에도 들를 거니까, 새우도 사 오고. 전골 만들어 먹자고."

"진주 목걸이 사 와."

"그럴 돈은 없는뎁쇼."

기요시는 상대조차 해 주지 않았다. 부아가 치밀어서 컴퓨터 앞에 앉은 채 저녁도 데워 주지 않았다.

기요시의 골프채나 출품해 버릴까 보다. 노리코는 그런 엉큼한 생각을 했다.

옥션에 올릴 만한 물건이 도무지 눈에 띄지 않아 턴테이블을 다시 한번 꺼냈다. 그것은 찬합처럼 네모난 모양에 번쩍거리는 외관이 꽤나 SF적이었다. 이래도 옛날에는 최첨단이었겠지만, CD에 밀려난 요즘 세상에는 빛 좋은 개살구다. 의외로 가벼웠다. 그리 값비싼 것은 아닐 듯했다.

플러그를 콘센트에 꽂고 레코드를 올려놓은 후에 스타트 버튼을 누르자 빙글빙글 돌아갔다. 모터에는 이상이 없는 듯했다. 소리가 나게 하려면 다른 기재도 필요하니까. 그 이상은 확인할 수 없었다.

질러 버릴까. 노리코는 입속으로 중얼거렸다. 그랬다가 들키면 새로 사서 선물하면 그만이다. 전자 제품 대리점에 가서 찾아보았더니 한구석에 몇 대가 놓여 있었고, 가격은 3만 엔 전후였다. 새것도 비싸지 않다.

기요시가 한 말이 떠올랐다.

"취미 한번 고상하군."

속이 부글부글 끓었다. 주부를 완전히 바보 취급 하는 말이었다.

좋아, 까짓, 팔아 버려. 그럴 권리는 자신에게도 있을 듯했다. 몇 년 전까지는 파트타임 아르바이트를 해서 살림에 보태기도 했다. 사고 싶은 것이 있어도 꾹 참고 아이들을 우선시했다.

사진을 찍어 올리고 댓글을 달았다. 본체에 찍혀 있는 영어가 모델명이겠다 싶어서 그것도 기재했다.

'Technics의 SL-10이라는 턴테이블입니다. 오랫동안 창고에서 잠자고 있었지만 잘 돌아갑니다. 거래 후 만약 물건에 하자가 있으면 반품하셔도 됩니다.'

가격은 5천 엔부터 시작했다. 오래된 물건이니까 옛 생각에 갖고 싶어 하는 사람이 있을 것이다.

남편이 출장을 떠나는 날에 출품했다.

"다녀올게."

그냥 손만 슬쩍 흔들며 나섰기에 양심의 가책도 없었다. 생일인데 싹 무시당했으니까.

흥. 팔리면 쇠고기를 특상품으로 사다가 혼자서 구워 먹어야지. 그것도 평일 낮에.

노리코는 씩씩거리며 마우스를 움직였다.

SL-10이라는 턴테이블은 어머, 어머, 하는 사이에 가격이 쑥쑥 올라갔다. 출품한 당일에 벌써 3만 엔을 넘어선 것이다.

노리코는 불길한 예감이 들었다. 또 지뢰를 밟은 것일까. 은근 불안에 떨면서 모델명을 검색해 보니, 아뿔싸 SL-10은 왕년의 '명기'였다.

'테크닉스의 SL-10은 국산 최초의 리니어 트래킹 모델로 1979년 발매 당시 가격이 10만 엔이었음에도 베스트셀러를 기록했다……'

노리코는 자신도 모르게 얼굴을 찡그렸다. 기타도 그렇고, 턴테이블도 그렇고, 혹시 기요시에게 물건 보는 눈이 있었던 걸까. 왜 우리 집에 이런 '보물'이 있는 거지.

그건 그렇고 남자들의 세계는 도무지 알 수가 없다. 기껏해야 중고 오디오인데. 핸드백처럼 사람들에게 보이기 위한 것도 아니고, 왜 이런 것에 열을 올리는지 모르겠다.

그리고 며칠 후, 5만 엔을 넘어서자 조금씩 찔리기 시작했다. 취소할 수는 없을까 해서 규약을 살펴보았지만 아무래도 힘들 것 같았다.

노리코는 소파에 드러누워 생각에 잠겼다. 어쩌면 좋지. 솔직하게 사과할까. 미안해, 팔아 버렸어, 라고.

그럼 안 되지. 그렇게 되면 기타에 대해서도 털어놓아야 한다. 빈티지 물품을 두 가지나 몰래 팔았다는 것을 알면 기요시는 눈에 핏발을 세우고 화를 낼 것이다.

한숨이 나왔다. 창밖을 쳐다보니 가을 하늘이 한없이 높았다. 구름 한 점 없는 파란 하늘에 태양이 반짝반짝 빛나고 있었다.

서니 데이라. 어디든 가고 싶다. 바다든 산이든. 결혼한 후로 가족 아닌 사람과는 한 번도 여행한 적이 없다. 늘 집을 지켰다. 가족의 뒤치다꺼리를 하느라 세월 가는 줄 몰랐다. 그러다 마흔세 살이 되었다.

SL-10이 팔리면 여동생에게 홋카이도에 같이 가자고 할까. 단풍 구경도 하고 게도 먹고 온천에 몸을 담그고 느긋하게……. 그런다고 벌을 받지는 않을 것이다. 하느님도 내 편을 들어 줄 것이다.

눈을 감고 심호흡을 하고는 몇 초 후 눈을 떴다.

좋아, 마음을 크게 먹자. 들키면 그때 가서 해결하자. 부부 싸움이 벌어지면 펑펑 울어 버리지, 뭐.

목표액은 10만 엔이다. 이왕 가는 거 일류 여관에 묵고 싶다.

노리코는 일어나 다시 컴퓨터 앞에 앉았다.

저녁은 스키야키를 준비했다. 자신의 생일이라서 큰맘 먹고 차린 게 아니라 반찬 만들기가 귀찮아서였다.

재료를 마련해 놓고 2층에 있는 아이들을 불렀다.

"유카, 유헤이, 저녁 먹자."

둘은 천천히 계단을 내려왔다. 그러고는 의자에 앉지 않고 식탁 앞에 나란히 섰다. 둘 다 등 뒤에 무언가를 들고 있었다.

"왜 그러고 있어, 빨리들 앉지 않고?"

아이들의 얼굴이 발갰다. 왠지 쑥스러워하는 표정이었다.

유카가 팔꿈치로 유헤이를 쿡쿡 쳤다.

"네가 말해."

"누나가 말해."

둘이 그렇게 속닥거린다.

"뭐니? 무슨 일 있어?"

수상쩍어 노리코는 물었다.

유카가 헛기침을 한 번 하고는 입을 열었다.

"엄마, 생일 축하해요."

그다음 순간, 눈앞으로 꽃다발이 쑥 튀어나왔다.

"축하해, 엄마."

이어 유헤이도 말했다. 유헤이의 손바닥에 리본으로 장식한 조그만 상자가 놓여 있었다.

"어머나."

노리코의 눈이 동그래졌다. 아이들은 웃는 얼굴이었다.

전혀 예상치 못했다. 이런 일은 처음이었다. 그래서 뭐라 말이 나오지 않았다.

"아빠가 출장 가는 날 아침에, 수요일은 엄마 생일이니까 둘이서 선물하라고 했어."

유카가 수줍어하면서 말했다.

"꽃다발이라도 사라고 3천 엔 주고 갔는데, 우리도 500엔씩 냈어."

유헤이가 말했다.

"너, 그런 말은 안 해도 되잖아."

유카가 코를 찡그리며 동생을 나무랐다.

가슴이 찡해졌다. 왈칵 눈물이 쏟아질 것 같았다.

"고마워. 엄마, 기쁘다."

간신히 그런 말만 쥐어 짜냈다.

꽃향기를 맡았다. 하늘에라도 오를 듯 행복했다. 유헤이가 건넨 조그만 상자를 열어 보니 귀여운 브로치가 들어 있었다. 조금도 비싸 보이지 않는 게 오히려 사랑스러워 뭉클했다. 앞으로 보나 마나 내 보물이 되리라.

"아싸, 스키야키다."

유헤이가 들썩거렸다.

"유헤이, 너 파도 먹어야 된다."

유카가 엄마라도 된 것처럼 잔소리를 했다.

둘 다 겸연쩍어 어쩔 줄을 모르는 것이다.

이 아이들을 낳기를 잘했다. 생각해 보면 언제나 가족이 있어서 행복했다.

셋이서 식탁에 둘러앉았다. 평소에는 말없이 먹기만 하던 유카와 유헤이가 오늘따라 학교 얘기를 줄줄이 늘어놓았다. 잘해 주려고 나름 애쓰고 있다는 것을 내 손바닥 보듯 알 수 있었다.

노리코는 몇 번이나 꽃을 보고, 그럴 때마다 고맙다고 말했다.

이 행복한 기분으로 앞으로 10년은 충분히 지낼 수 있을 것이라고 생각했다.

내게는 가족이 있다.

저녁을 먹고 난 후에, 이세로 간 기요시에게서 전화가 걸려

왔다.

"야, 진주 목걸이, 거 되게 비싸대."

전화를 받자마자 하는 소리.

"귀걸이라도 괜찮아?"

"그럼. 사 오기만 해도 난 좋지."

노리코는 아이들에게 꽃다발을 선물하게 해 줘서 고맙다고 말했다.

"고마워."

"천만의 말씀."

부부인데 왠지 쑥스러워, 낭만적인 대화는 나눌 수 없었다.

"그런데, 무슨 바람이야? 해가 서쪽에서 뜨겠다."

노리코가 물었다.

"당신이 컴퓨터에 너무 빠져 있으니까, 무슨 고민이라도 있나 걱정했지."

"치, 고민은 무슨."

피식 웃었다.

"진주 귀걸이는 옥션에 팔면 안 돼."

"팔 리가 없잖아."

대답하고 나자 턴테이블이 떠올라 속이 떨렸다. 안 되는데. 질러 버렸다. 이제 돌이킬 수 없다.

전화를 끊고 컴퓨터를 켰다. 옥션으로 들어가니 웬걸, 벌써

7만 엔으로 올라 있었다. 게다가 마감 시간은 오늘 밤 11시다.

노리코는 두 손으로 머리를 감싸 쥐고 끙끙거렸다. 낙찰자에게 사과하고 양해를 구할까. 죄송합니다, 남편과 의논하지 않고 출품했어요, 라고. 그런 일이 받아들여질까.

도저히 팔 수 없었다. 기요시를 배반하고 싶지 않았다.

"그럼 되겠다."

노리코는 벌떡 일어섰다. 동생이 있다. 옥션을 추천해 준 장본인인 동생이.

당장 전화를 걸었다.

"나야, 언니. 밤늦게 미안한데, 지금 바로 옥션에 들어가서 테크닉스의 SL-10 턴테이블을 10만 엔에 입찰해 줄래?"

"뭐? 에스엘 텐? 그게 뭔데?"

전화기 저편에서 동생이 얼빠진 목소리로 물었다.

"있지, ID가 서니 데이라는 사람이 있는데, 그게 바로 나거든……."

"서니 데이?"

"응, 그러니까……."

노리코는 열심히 설명했다. 이마에 식은땀이 송글송글 맺혔다.

"둥지를 짓는 거, 그거 여자의 아이덴티티란 생각이 들어."

사카이가 말했다.

"남자가 나서면 안 되는 일 같아."

"음, 그렇겠지."

"집안에 혼자만의 공간을 갖자면, 큰 집을 짓든지, 별장을 따로 마련하든지, 그런 능력이 필요해. 달랑 하나밖에 없는 집을 남자의 왕국으로 만들 수는 없는 거지. 집이란 여자들의 성역이야."

우리 집에 놀러 오렴

I

 아내 히토미가 집을 나가 버리자 방이 물 빠진 수영장처럼 넓어졌다. 자신의 가구까지 몽땅 새집으로 가져갔기 때문이다.
 새집이란 미나토 구에 있는 장인 소유의 투자용 아파트다. 높은 층에서는 도쿄 타워가 보인다나. 마침 세 들어 살던 사람이 이사를 가는 바람에 '어차피 별거하는 거 거기서 살아라.' 하며 친정에서 제공했다. 전에, 방은 하나지만 스무 평이 넘는다고 들은 적이 있다. 집세 부담이 없어 월급을 마음대로 쓸 수 있을 테니, 히토미는 인테리어에 온 정열을 쏟고 있을 것이다. 아마도 가구점의 쇼윈도처럼, 색감과 소재가 완벽하게 조화를 이루도록 실내를 꾸몄으리라. 히토미는 대형 가전제품 회사에 근무하는 산업 디자이너다. 세련되고 앙증맞은 청소기와 전자레인지를 만든다.
 한편 다나베 마사하루는 서른여덟 살의 평범한 영업 사원으로 백화점에 아동복을 납품하고 있다. 일에 관해서는 특별히 할 말이 없다. 거품 경제가 붕괴되면서 취직난이 심각해졌을 때 겨우 뚫고 들어간 의류 회사다.
 결혼할 때는 "아이 생기면 옷 걱정은 않겠네." 하면서 둘이 흥분했는데, 언젠가는 사업체를 차리고 싶다는 히토미 때문에 한 해 두 해 미루다 결국 아이 하나 없는 상태로 별거하는 신세가 되었다. 곧바로 이혼하지 않은 것은 '8년이나 같이 살았으니 잠시 별거하면서 생각하는 시간을 갖는 편이 좋을 것'이라는 주위 사람들의 조언 때문이었다. 누가 바람을 피우거나 폭력을 휘두른 것도 아니고, 경제적인 문제가 있었던 것도 아니기에, 둘 다 조언을 따르기로 했다.

그렇다고 아내를 기꺼이 내보낼 수 있는 심정은 아니어서, 마사하루는 출장 가 있는 2박 3일 동안에 짐을 옮겨 달라고 했다. 그랬더니 카펫에서 머그컵까지 제 손으로 고른 것은 하나도 남기지 않고 싹 가져가 버려 휑한 실내만 남았다. 텔레비전과 팩스 겸 전화기는 마사하루도 비용을 분담했는데. 하기야 냉장고와 세탁기와 침대는 두고 갔으니 그나마 다행이라고 생각하기로 했다. 그것들이 디자인에 까다로운 히토미의 눈에 차지 않아서였는지도 모르겠지만.

세타가야의 교도, 방 두 개에 스무 평짜리 월세 아파트가 한없이 썰렁하다. 거실에는 아무것도 없고, 침실에는 커다란 더블 침대가 있을 뿐이고, 다다미방은 창고로 변했다.

아무튼 오랜만에 독신 생활이 다시 시작되었다. 거침없이 뀌어 대는 방귀 소리가 유난히 크게 울린다. 화장실에서도 문을 활짝 열어 놓고 일을 본다. 커튼이 없어서 이른 아침에 저절로 눈이 떠진다.

별거를 시작하고 처음 맞은 토요일, 마사하루는 생활용품을 사러 나가기로 했다. 평일에는 야근이 많아서 집에 들어와 봐야 잠만 자니까 잘 몰랐는데, 겨울 햇살이 따사롭게 비치는 거실 마룻바닥에 앉아 있으려니 소파와 커튼 정도는 있어야겠다 싶었다.

따지고 고를 생각이 없어 차로 10분 정도 거리에 있는 대형 할인 매장에 갔다. 손님 대부분이 가족끼리 나온 사람들이라, 아이들이 매장 사이사이를 뛰어다녔다. 서민적인 것을 싫어하는 히토미는 꺼렸던 할인 매장이다.

우선은 침구 매장에서 커튼부터 물색했다. 히토미가 있을 때는 엷은 그린색 커튼이 걸려 있었다. 같이 사러 갔기 때문에 창틀 사이즈에 맞춰 주문하는 요령 정도는 알고 있다. 요즘 아파트는 구식 창틀 치수가 맞지 않는다.

무슨 색으로 할까 고민하다가 무난하게 베이지를 골랐다. 벽은 하양이고 마루는 갈색이라서 그 중간이 좋겠다고 판단한 것이다. 동남쪽 모퉁이 집이라 창문이 많은 탓에 빛을 차단하는 기능성 천을 선택하자 20만 엔이나 들었다.

다음은 카펫이다. 전에는 하얀 바탕에 그린색 도트무늬 러그가 깔려 있었다. 보기에는 좋아도 때가 탈까 봐 히토미가 드러눕지 못하게 하는 통에 불만스러웠다.

이것저것 고른 끝에 짙은 연지색에 아라베스크 무늬가 있는 것으로 낙착을 보았다. 5평 남짓 되는 거실 전체에 깔 필요는 없어서 사방 2미터짜리로 샀다. 가격은 3만 엔. 그런대로 싸게 샀다 싶어 만족했다. 둘 다 일주일 후 토요일에 배달된다고 한다.

두 가지만 샀는데도 두 시간이나 지났다. 내내 서 있었던 데다 쇼핑에 익숙하지 않아 긴장했는지 마사하루는 피로감을 느꼈다. 잠시 쉬면서 늦은 점심을 먹기로 했다. 꼭대기 층은 식당가다.

올라가 보니 가족 손님으로 발 디딜 틈이 없었다. 게다가 아이들이 많아 시끌시끌했다. 여기는 안 되겠는데, 하면서 마사하루는 한숨을 쉬었다. 나잇살이나 먹은 남자가 혼자서 외식을 하자니 영 볼품이 없다. 그렇구나, 앞으로는 나 혼자다. 밥도 내 손으로 지어 먹어야 한다. 전기밥솥과 냄비도 히토미가 다 가져가 버렸다. 남은 것은 달랑 주전자 하나.

배는 고팠지만 참기로 하고, 한 층 아래에 있는 주방용품 매장으로 갔다. 뭘 사야 하는지 오리무중이었지만 일단 조그만 프라이팬과 편수 냄비를 샀다. 한눈에 디자인이 마음에 들어 홍차 주전자와 찻잔 세트도 샀다. 그것들을 양손에 들고 다시 가구 매장으로 돌아갔다. 자, 이제 오늘 쇼핑의 주목적인 소파인데······. 이왕 사는 거 드러누울 수 있는 삼인용이 좋겠다. 지금까지는 값비싼 이태리제 가죽 응접세트가 놓여 있었다. 검은색에 폼은 났지만 등받이가 낮아 썩 마음에 들지는 않았다. 게다가 팔걸이가 스테인리스 파이프라서 베고 누울 수 없었다.

매장에는 비교적 가격이 낮은 응접세트 몇 종류가 전시되어 있었다. 할인 매장이라 그런지 이거다 싶은 것이 없었다. 물건을 손님에 맞춰 구비하는 것이다.

성급히 결정할 필요는 없으니까 다른 물건도 보기로 했다. 전에 순환 도로 변에서 얼핏 대형 가구점을 본 것 같은데.

도중에 라면집에서 점심을 먹고 그 가구점으로 갔다. 주차장에 차를 세우고 안으로 들어갔다. 제품의 다양함에 놀랐다. 체육관만큼이나 넓고 밝은 매장에 각종 가구가 기품 있게 전시되어 있었다. 마사하루는 천천히 살피며 다녔다. 마음에 들면 앉아서 감촉과 푹신한 정도를 확인했다. 각종 메이커의 카탈로그도 비치되어 있어, 그 자리에서 팔락팔락 넘겨 보았다.

카탈로그를 보면서 미리 점찍어 두는 방법도 있었구나. 메이커별로 수집하자 단박에 잡지만큼의 두께가 되었다.

매장을 한 바퀴 돌았는데도 이거다 싶은 소파를 찾지 못했다. 그런대로 마음에 든다 싶으면 상당히 비쌌다. 예산은 5만 엔 정도다. 이제 어떻게 하지…….

마사하루는 일단 보류하기로 했다. 카탈로그도 많이 모았으니까, 이왕 살 바에 마음에 드는 것을 사고 싶었다. 가구는 한번 사면 쉬이 교체할 수 없다. 내일도 시간은 있다.

내친걸음에 조명 기구를 하나 샀다. 갓이 달린 독특한 스탠드다. 히토미는 간접 조명을 좋아했지만 직선적인 디자인이라 푸근함이 없었다. 거실 한구석에 스탠드를 세워 놓고, 우디 앨런의 영화에 나오는 것처럼 전체를 따스한 계통의 색으로 꾸미는 것도 좋겠다고 생각했다. 실내는 편안하고 아늑한 것이 최고다.

돌아오는 길에 책방에서 인테리어 잡지를 몇 권 샀다. 히토미가 읽는 것을 옆에서 들여다본 적은 있어도 제 손으로 사기는 처음이었다.

밤에는 동네에 있는 도시락 집에서 포크커틀릿 도시락을 사 와서 거실에 앉아 잡지를 읽으면서 먹었다. 텔레비전이 없어 소형 오디오로 재즈를 들었다. 잡지가 참고가 되었다. 실내가 넓지 않은 경우에는 전체적으로 낮고 너비도 좁은 소파를 사야 한다는 것도 알았다.

급하게 사지 않기를 잘했다. 역시 가구는 신중하게 골라야 한다.

내일은 좀 더 멀리까지 가 보기로 했다. 예산을 늘려도 상관없다. 아파트를 사려고 저금한 돈이 몇백만 엔 있는데 당분간은 쓸 일이 없다.

오늘 사 들고 온 스탠드가 살풍경한 거실을 따스하게 비춰 주었다.

일요일에는 차를 몰고 신주쿠로 나갔다. 마루이 백화점의 '인 더 룸'부터 탐색을 시작했다.

손님은 대부분 젊은 부부거나 데이트하는 연인들이었다. 남자 혼자 다니자니 왠지 어색하고 거북했다. 하지만 풀이 죽어서는 안 된다. 괜찮다 싶은 소파가 있으면 마사하루는 줄자를 꺼내 들고, 이 소파를 놓으면 벽과의 거리가 어느 정도 될지를 재고 수첩에 메모했다. 정말 살 손님처럼 보이는지 점원이 열심히 말을 건넸다. 사고 싶은 소파를 설명하자 친절하게 매장을 안내해 주었다.

그런데도 마음에 쏙 드는 결정적인 소파는 나타나지 않았다. 그 대신 한눈에 반한 테이블이 있었다. 다리가 한 개인 카페 테이블이었다. 함께 전시되어 있는 의자도 괜찮았다. 철제 파이프에 쿠션은 선명한 빨강이었다. 부엌에 놓을 수 있는 사이즈여서, 이 테이블과 의자가 있으면 바닥에서 먹지 않아도 될 것 같았다.

계획에는 없었지만 테이블과 의자 두 개를 사기로 했다. 합해서 6만 엔이나 하는데도 전혀 아깝지 않았다.

이런 것을 두고 '만남'이라 하는가 보다. 마사하루는 속으로 중얼거렸다. 바라건대 소파와도 이런 만남이 이루어지기를.

다음 주 토요일에 배달해 달라고 부탁하고, 그길로 백화점 이세탄과 미쓰코시를 돌았다. 일 때문에 아동복 매장은 자주 찾았지만 가구 매장을 찾기는 처음이었다.

과연 일류 백화점이었다. 모두 브랜드가 있는 제품이라 가격을 보니 엄두가 나지 않았다. 가구는 '평생 쓰는 것'이라며 수입품을 사는 히토미라면 좋아서 눈을 번득이겠지만, 마사하루는 히토미의 그런 태도에 늘 회의적이었다. 그때 본 것이 절대적이라 할 수는 없다. 사랑을 맹세한 두 사람이 이혼하듯, 사람은 언젠가는 싫증을 낸다.

무인양품에도 들렀다. 이 회사의 '자연주의'는 그다지 좋아하지 않지만, 가전제품은 단순한 디자인에 호감이 갔다. 히토미도 늘 라이벌로 여겼는데, 그럴만하다 싶었다. 카탈로그만 집어 들고, 필요한 것은 다음에 사기로 했다.

이어서 도큐 핸즈에 갔다. 복잡하기는 해도 만물상 같은 분위기에 긴장이 풀렸다. 이런 장소야말로 자신의 영역인 듯하다. 이십 대 독신 시절이 생각났다. 취직과 동시에 분가를 하면서 도큐 핸즈에서 시스템 가구를 샀었다. 철제 선반과 파이프를 조립해서 벽 한 면을 책꽂이로 썼다. 거기에 오디오를 올려놓고 레코드도 꽂고…….

생각난 김에, 다음에 집에 가면 창고에서 잠자고 있는 레코드 300장을 들고 와야겠다. 자리만 차지한다는 히토미의 잔소리에 눈물을 삼키며 고향 집으로 보냈던 것들이다. 그럼 턴테이블도 사야 한다. CD 시대가 되어, 언젠가 없애 버리고 말았다.

살 게 꽤 많은데. 어째 신바람이 났다. 연말에 받은 보너스도 손도 대지 않은 채 남아 있다.

도큐 핸즈에도 마음에 드는 소파가 없었다. 그래도 낙담은 하지 않았다. 레코드를 수납하기에 딱 좋은 선반을 발견했기 때문이다. 벽돌색 나무로 짠 것인데, 가격에 비해 고급스러웠다. 키가 낮아 창문을 가리지 않는 점도 좋았다. 사는 김에 세트인 책꽂이도 두 개 주문하기로 했다. 선반과 같은 디자인에, 그리 깊지 않아 부담스럽지 않았다.

히토미는 거실에 책꽂이를 두지 못하게 했다. 마사하루가 좋아하는 미스터리는 표지가 촌스러워 거실 분위기를 망친다는 이유였다. 그 대신 벽 한 면에 꽃병과 장식물과 영어책을 전시했다. 책도 인테리어였던 것이다.

점심을 거른 터라, 오후 2시 넘어 맥도널드에서 세트 메뉴를 사 들고 차 안에서 먹었다.

역시 밥을 해 먹는 게 좋겠어. 마사하루는 감자튀김을 입에 넣으면서 생각했다. 결혼 전에는 주로 외식을 했지만, 지금은 동네 음식점이라도 혼자 들어갈 용기는 없다. 단골 메밀국수

집은 있지만, 혼자 가면 무슨 사연이 있는 것일까 하고 눈치를 살필 것이다. 히토미나 나나 동네 사람들과 별 교류가 없었는데, 앞으로는 더 멀어질 것 같다.

그래, 전기밥솥과 전자레인지를 사자. 마사하루는 무인양품으로 돌아갔다. 오늘도 소파는 물 건너 간 듯하다. 빈손으로 돌아가기는 썰렁하다. 무언가 들고 돌아갈 수 있는 성과가 필요했다.

결국 무인양품에서 한 시간 이상 돌아다니며 그릇과 조리도구까지 사고 말았다.

트렁크가 짐으로 가득 찼다. 피로가 한꺼번에 몰려왔다.

하지만 어딘가 모르게 기분 좋은 피로감이었다. 쇼핑이 의외로 즐거웠다.

2

다음 토요일이 되자 주문한 물건들이 줄줄이 배달되었다. 먼저 커튼을 걸고 거실에 카펫을 깔았다. 그렇게만 했는데도 거실의 울림이 줄어들고 스산함도 사라졌다. 이어 선반과 책꽂이를 벽에 바짝 붙여 마주 보게 놓았다. 어제 회사에서 돌아오는 길에 산 조그만 화분 세 개를 선반 위에 올려놓자, 새

친구가 생긴 듯한 기분이 들었다. 선인장이 숲 속의 난쟁이 같았다.

책꽂이에 책을 꽂았다. 벽장에 처박아 두었던 미스터리 단행본과 〈레코드 컬렉터스〉 10년 치를 꽂았더니 알록달록한 색감이 생기면서 거실 전체가 생기를 띠었다. 당장에 레코드도 꽂고 싶었다.

테이블과 의자는 부엌에 놓았다. 사이즈가 딱 맞아 마사하루는 뛸 듯이 기뻤다. 테이블 바로 위에 등을 하나 달자. 식탁보도 사야겠어. 밤에는 여기서 저녁을 먹는 거다.

오후에 차를 몰고 가와사키로 내려갔다. 레코드를 가져오기 위해서였다. 어머니가 언짢은 표정으로 물었다.

"아직도 화해를 안 했니?"

"아마 좀 힘들 겁니다."

마사하루는 마치 남의 일처럼 대답했다. 어머니가 뭐라 뭐라 설득하는데도 애매한 대답만 하고서, 창고에서 레코드가 담겨 있는 종이 상자를 꺼냈다. 그리고 사용하지 않는 조그만 텔레비전과 청소기와 앉은뱅이책상도 챙겼다. 이길로 턴테이블을 사러 가자고 생각했다. 소형 오디오에 연결해서 오늘 밤에는 느긋하게 옛 노래를 듣는 거다.

"벌써 가려고? 저녁 먹고 가지 그러냐."

"아직 2시밖에 안 되었는데 저녁은요. 할 일이 많습니다."

마사하루는 도망치듯 고향 집을 뒤로했다. 이 꼴에 장남이라니, 마음이 아프다.

가와사키 역 앞에 있는 요도바시 카메라에서 턴테이블을 물색했다. 생각보다 종류가 많아 어떤 것을 사야 할지 고민스러웠다. 값싼 기종을 살 수도 있지만, 오디오 풀 세트를 구입해서 옛 취미를 되살리는 방법도 있었다.

마사하루는 중학 시절부터 록 음악을 좋아했다. 학생 때는 용돈만 받았다 하면 LP와 CD를 사는 데 털어 넣었다. CD도 500장이나 갖고 있다. 공간을 차지한다고 히토미가 견제하는 바람에 미니 오디오로 만족하면서도 언젠가 한번은 본격적으로 좋은 소리를 듣고 싶은 욕망을 품고 있었다.

점원과 얘기하다가 레코드를 300장이나 갖고 있다고 했더니, "그럼 쓸 만한 기기를 사는 게 좋죠."라고 했다. 점원은 7만 엔이나 하는 국산품을 추천했다.

"한꺼번에 구입하기 벅차면, 시간을 두고 천천히 업그레이드하는 것도 좋지요. 턴테이블을 사고, 그다음에는 스피커, 또 그다음에는 앰프, 그리고 마지막에는 CD플레이어, 하는 식으로 말이죠."

그 말에 마음이 흔들렸다. 이제 어른이고 수입도 있다. 그 정도 오디오 장치를 갖출 자격은 있을 듯했다. 급한 대로 값싼 것을 사려던 생각을 지워 버렸다.

"아무튼 일단 들어 보시죠."

점원의 제안을 따랐다. 재즈 피아노가 매장에 흘렀다.

마사하루는 감동했다. 마치 연주 현장에 있는 느낌이었다. 이거야, 바로 이거. 이런 사운드로 좋아하는 음악을 듣는 것이야말로 자신이 오래도록 꿈꾸던 것이다. 기분이 점점 고양되었다.

합계 50만 엔이 넘는 오디오 세트였다. 50만 엔이라. 한숨이 절로 나왔다. 하지만 살 수 없는 것은 아니다. 아파트를 사려던 돈이 있다.

"잠깐 생각해 보고 결정하죠."

매장 안을 돌아다니며 초박형 LCD 텔레비전과 서라운드 시스템을 구경했다. 최첨단 기기의 대단함에 놀랐다. 자신도 모르는 사이에 세상이 이렇게 변했다니. 조명 아래서 반짝반짝 빛나는 기기들.

자신은 줄곧 회사와 집만 오가는 생활을 했다. 언젠가는 아파트를 사려고 열심히 저금도 했다. 가끔 부부끼리 나가서 외식을 하거나 해외여행을 하는 사치도 부렸지만, 모두 과거로 사라지는 것들뿐이었다. 하루하루를 검소하게 살았다. 히토미는 좋아하는 인테리어에 둘러싸여 살았는지 모르지만 마사하루는 그렇지 않았다. 자신은 좋아하는 책과 CD에 둘러싸여 살고 싶었다.

매장 구석에 오디오장 코너가 있었다. 전시품 중 하나가 한눈에 쏙 들어왔다. 견고한 나무판을 검은 폴이 받치고 있었다. 그걸 사다 거실에 놓고 오디오를 올려놓는 상상을 했다.

가격을 보니 8만 엔이었다. 역시 좋은 물건은 비싸다.

심호흡을 한 번 했다. 확 사 버릴까.

자신은 골프도 치지 않고 경륜이나 경마도 하지 않는다. 술과 마작은 그저 조금 하는 정도다. 덕분에 절약한 돈이 백만, 아니 이백만 엔도 더 될 것이다.

급히 오디오 매장으로 돌아가, 아까 그 점원을 찾았다. 사고 싶은 오디오장이 있다고 말하고, 그것까지 포함해서 전부 얼마에 줄 수 있는지 물었다.

가격표에서 3만 엔 정도 깎아 주었다. 양판점이라 다르기는 다르다.

"사겠습니다."

마사하루는 힘차게 말했다. 아아, 결국은 저지르고 말았군. 마음속에서 또 다른 자신이 비웃었다.

턴테이블은 재고가 있어 바로 들고 갈 수 있었다. 나머지는 빨라야 화요일 오전에 배달된다. 그날은 이유를 둘러대고 오후에 출근하기로 마음먹었다. 주말까지 기다릴 수가 없었다.

갑자기 레코드가 듣고 싶어 서둘러 집에 돌아가기로 했다. 가서 몇 년 만에 폴리스의 〈싱크로니시티〉를 턴테이블에 올려

놓는 거다.

돌아가는 길에 슈퍼마켓에 들러 이것저것 식료품을 사고, 덮밥을 해 먹으려고 포크커틀릿도 샀다. 이번 주에 설명서를 보면서 밥 짓는 법을 터득하고 나니 혼자서도 생활할 수 있겠다는 자신감이 생겼다. 이제는 밥을 어디서 먹어야 할지 고민하지 않아도 된다.

그날, 밤을 새워 레코드를 들었다. 마사하루는 그 정겨움에 눈물이 나올 것 같았다. 가사를 보면서 저니의 곡을 몇 곡이나 불렀다. 뿌듯한 토요일 밤이었다.

일요일에는 시부야와 다이칸야마에 있는 가구점들을 둘러보았다. 여전히 이거다 싶은 소파는 눈에 띄지 않았지만, 찾는 자체가 즐거워 조금도 고생스럽지 않았다.

부엌 테이블용 전등은 마음에 드는 것이 있어 구매했다. 심해어의 촉수처럼 호를 그리며 늘어지는 스타일이었다.

다다미방도 좀 꾸미고 싶은 마음에 바닥에 바로 놓는, 초롱처럼 생긴 조명 기구도 샀다. 낮은 유리 테이블도 샀다. 높이 1미터 정도의 낮은 책꽂이를 발견해 두 개를 한꺼번에 샀다. 이 정도면 있는 책을 모두 꽂을 수 있을 듯했다.

이번 주말에만 70만 엔 정도를 썼지만, 조금도 아깝지 않았다. 필요한 것이 다 갖춰지면 차를 팔리라고 결심했기 때문이다. 3년밖에 몰지 않은 폴크스바겐 골프니까 80만 엔 정도는 받을 수 있을 것이다. 덤으로 한 달에 3만 엔이나 드는 주차비도 줄일 수 있다.

어차피 외출할 일도 없다. 집에 있는 것이 더 편하고 즐겁다.

그날 퇴근길에 동료 사카이가 한잔하러 가자고 했다.
"난 사양하겠어. 읽다 만 책이 있어서."
마사하루는 어깨를 으쓱하며 거절했다. 지금은 밖에서 마시고 놀 기분이 아니다.
"가끔인데 어때서. 자네 요즘은 일만 끝났다 하면 집으로 직행이잖아. 가 봐야 기다리는 사람도 없는데 말이야. 마누라가 다 들고 가 버려서 가구도 없다면서."
사카이는 불만스러운 표정이었다. 이 남자는 술과 마작을 좋아한다.
"요즘 조금씩 사들이고 있어. 소파는 아직 못 샀지만, 테이블도 사고 책꽂이도 사고."
"오호라, 드디어 다나베의 독신 생활이 본격화되는 것인가. 설마 밥까지 해 먹겠다는 소리는 아니겠지?"
"아니, 실은 벌써 해 먹고 있는데."
"정말?"

사카이는 눈을 희번덕거렸다.

"밥을 해 먹는다고, 자네가?"

"왜, 잘못된 건가?"

"아니, 그렇지야 않지만. 왠지 서글퍼서 말이야."

"서른여덟 살이나 된 남자가 외식을 하는 게 더 서글프지. 된장국도 끓이고, 생선도 굽고. 꽤 풍요로운 기분이 든다고."

마사하루는 적당히 대답하고는 돌아갈 준비를 했다. 사카이가 여전히 불만스러운 표정이라서 사실대로 말해 주기로 했다.

"실은 오디오 세트를 구입했어. 내친김에 턴테이블도 사고. 10년 만에 말이야. 그리고 집에 가서 레코드 300장을 들고 왔더니, 옛날 생각에 매일 밤 음악을 듣느라 정신없어."

"흠, 좋겠군. 독신자의 특권이로세."

사카이가 목을 긁적거리며 말했다.

"그럼. 우리 아파트, 방음 하나는 끝내주기 때문에 볼륨을 좀 높여도 괜찮거든. 옛날에는 안 들렸던 심벌즈의 소리까지 들리고, 얼마나 좋은지 몰라."

"나도 가도 될까?"

사카이가 물었다.

"우리 집에?"

마사하루는 대답이 궁했다.

"안 될 거야 없지만."

"맥주하고 꼬치구이 사 들고 가서, 자네 집에서 마시자고."

"학생 시절로 돌아간 기분이로군."

피식 웃고는 코트를 걸쳤다. 마음을 터놓고 지내는 입사 동기인 데다 집도 같은 방향이다. 딱히 거절할 이유가 없었다. 나란히 회사를 나섰다. 2월의 찬 바람이 빌딩 사이를 휙 지나갔다.

오다큐 선 교도 역에서 내렸다. 역 앞에 있는 슈퍼마켓에서 먹을거리를 샀다. 꼬치구이와 생선회 모듬.

"술집에서 마시는 것보다 싸게 먹힐 테니까, 인심 좀 쓰자."

사카이가 그렇게 말하면서 참치회도 샀다.

걸어서 5분 걸리는 아파트에 도착했다. 현관문을 열고 들어가 불을 켜자 사카이가 감탄사를 발했다.

"야, 이거! 자네, 아주 착실하게 생활하고 있군. 난 마누라가 없어서 한심하게 지낼 줄 알았는데."

"시답잖은 소리 그만 해."

"우히히, 좋다. 스탠드 하나에 거실 분위기가 확 사는데. 취향도 제법 고상하고."

사카이가 스탠드 갓을 톡톡 두드리며 말했다.

"소파는 없으니까 그냥 바닥에 앉아."

마사하루는 쿠션을 내밀었다.

"됐어, 충분해."

"여기저기 다녀보고 있는데, 마음에 드는 게 별로 없더라고."

"충분하다니까."

사카이가 얼른 오디오 세트 앞으로 다가갔다.

"흐음, 굉장한데."

그리고 무릎을 질질 끌며 레코드 선반 앞으로 옮겨 가 레코드를 살폈다.

"토킹 헤드도 있잖아. 도널드 헤이겐도 있고. 야, 러버 보이의 〈겟 러키〉도 있고. 우리가 중학교 1학년 때 엄청 유행했잖아."

"자네도 아는군."

"그럼. 라디오에 들러붙어 살았는데. 이봐, 빨리 틀어 봐."

사카이가 졸라 대, 오디오를 켜고 레코드를 올려놓았다.

"와, 진짜 오랜만이다."

사카이가 히죽거리며 좋아했다. 그동안 마사하루는 정종을 데우고 안줏거리를 접시에 담아 갓 사들인 유리 테이블에 갖다 놓았다.

"야, 좋다, 좋아. 앞으로는 여기서 마시자. 기다와 가토도 부르자고. 그 녀석들도 집이 같은 방향이니까."

"흠, 나야 좋지."

음악을 들으면서 두런두런 얘기를 나누었다. 사카이가 의외로 음악에 박식해 놀랐다. 과거에도 음악 얘기는 더러 나누었지만, 깊이 파고든 적은 없었다.

"자네 레코드는 어쩌고 있는데?"

마사하루가 물었다.

"그야 마당 창고에 처박혀 있지. 어디 둘 데가 있어야지."

사카이는 외곽에 새로 개발된 주택지의 단독 주택에 산다. 초등학교와 유치원에 다니는 아이까지 있어 융자금 갚으랴 자식들 키우랴 정신이 없다.

"자네는 좋겠어, 자기 공간이 있어서."

사카이가 두 다리를 쭉 뻗으며 말했다.

"무슨 소리. 서글픈 독신 신세인데."

"다음에 올 때, 우리 집에 있는 레코드 들고 올 테니까 여기서 좀 듣자. 유리스믹스도 있고 뉴 오더도 있어."

"오호, 자네 취향이 그쪽이야?"

"이것저것 다 좋아했어. 스크리티 폴리티도 좋아했고."

"있는데, 그건."

"정말?"

사카이가 반색했다.

"어디? 어디?"

마사하루는 스크리티 폴리티의 앨범을 꺼내 턴테이블에 올려놓았다.

"야, 스크리티 폴리티의 연주가 이렇게 좋았구나."

사카이도 감동했다.

"그렇지? 이십몇 년이 지나서야 겨우 레코드 본래의 소리를 듣게 되었으니. 그래서 요즘 음악에 푹 빠져 지내는 거야."

정종이 떨어져 소주를 물에 섞어 마셨다. 회사 동료와 일이 아닌 화제로 이렇게 무르익기는 처음이었다. 음악 잡지의 백 넘버를 뒤적거리면서 얘기꽃을 피웠다.

"이것도 나 갖고 있는데."

사카이는 12시 가까이 되어 마지막 전철을 타고 돌아갔다.

그리고 다음 날에는 진짜 레코드를 들고 출근했다.

3

소파 구하기는 여전히 계속되었다. 마사하루는 인터넷에 들어가 옥션을 검색해 보기도 했지만, 역시 실물을 눈으로 확인하고 싶어서 틈을 내 가구점을 이리저리 찾아다녔다.

그러는 사이에도 CD는 늘어났다. 안 그래도 음악을 좋아했는데, 다시 불이 붙어 1980년대 록 뮤직 CD를 잇달아 사들인 것이다. CD플레이어도 고급 기종으로 바꾼 덕분에 모든 연주가 신선하게 들렸다. 리마스터판은 잡음까지 들릴 정도였다.

"제길, 나도 오디오 룸이 있으면 좋겠다."

사카이는 일주일에 세 번이나 놀러 왔다. 같은 또래인 기다와 가토도 찾아와 아늑한 실내에 감탄하고 음악에 넋을 잃었다.

"다음에 우리 집에 굴러다니는 고다쓰 기부할 테니까, 다다미방에서 마작도 하자고."

사카이의 제안에 처자식이 있는 기다와 가토가 찬성했다. 물론 마사하루도 이의는 없었다. 마치 동기의 하숙집을 소굴로 삼은 학생들 같았다.

그렇게 새삼 록 뮤직에 눈을 뜨고 났더니, 이번에는 홈시어터를 갖고 싶어졌다. 요즘은 음악 DVD가 잘 나오기 때문이었다. 고향 집에서 들고 온 14인치 고물 텔레비전으로는 뭘 봐도 영 신통치 않았다. 타워 레코드에서 대형 모니터로 감상하고 경악했던 〈라이브 에이드〉 DVD를 집에서 보았는데, 그저 뉴스 화면 같아 낙담이 이만저만이 아니었다. 프로젝터까지는 안 바라도 슬림형 대형 화면과 서라운드 시스템 정도는 갖추고 싶었다.

카탈로그를 모으고 음향 기기 전문 잡지를 섭렵해 본 결과, 음악과 영화를 좋아하는 내게는 PDP보다 LCD가 적합하다는 것을 알았다. 실내가 넓지 않으니까 화면 사이즈는 37인치가 적당할 듯했다. 서라운드 시스템은 프런트 스피커만 있는 심플한 타입이 좋아 보였다. 가전 대리점에서 가격을 물어보았더니, 최대한 깎아서 합계 60만 엔이었다. 그 자리에서 결정하기에는 부담스러웠다.

"다나베, 제발 좀 사라."

회사에서 사카이에게 털어놓았더니 두 손 모아 빌듯이 애원했다.

"자네 뭔가 착각하고 있는 거 아냐? 사는 사람은 나야."

마사하루는 눈살을 찌푸렸다. 이 인간은 이제 아예 우리 집으로 퇴근한다.

"나 그런 화면으로 구로사와 감독의 영화를 보고 싶다고. 〈7인의 사무라이〉를 마음껏 감상하고 싶단 말이야."

사카이가 내 팔을 잡고 흔들었다. 나도 구로사와 감독의 영화는 보고 싶었다.

"난 레드 제플린의 DVD를 보고 싶은데. 재작년에 나온 두 장짜리 말이야."

옆에서 기다도 한마디 곁들였다.

"난 〈대부〉 삼부작을 좍 다 보고 싶어."

가토도 끼어들었다.

셋은 마사하루를 에워싸고 입을 모아 설득했다.

"다나베, 제발 부탁이다."

그럼 사지, 뭐, 하는 기분이 들었다.

"그럼 성의라도 보여."

"그건 좀 힘들지."

셋 다 고개를 옆으로 저었다.

"난 융자금도 갚아야 하고 아이들 교육비도 만만치 않고."

"치사한 자식들."

마사하루는 그들을 노려보았다. 하지만 화가 나기보다는 피식 웃음이 나오려 했다. 이 남자들은 퇴근길에 마사하루의 집에 들르는 것이 낙인 것이다.

"좋아, 알았어. 다나베, 너 차 팔겠다고 했지? 내 대학 후배 중에 중고차 판매업자가 있거든. 폴크스바겐 골프, 시가보다 비싸게 팔아 달라고 해 볼게. 그럼 됐지?"

사카이가 마사하루의 어깨에 팔을 두르고 말했다.

"2만, 3만 엔 더 받아 봐야 뭐 하겠어."

"나를 믿으라고. 10만은 더 받게 해 줄 테니까."

사카이는 자신만만한 얼굴로 자신의 가슴을 툭툭 쳤다.

그리고 곧바로 후배에게 연락하더니, 그날 밤 둘이 집까지 찾아와 물건을 감정했다. 그러더니 웬걸, 진짜로 시가보다 10만 엔 높은 가격에 인수하겠다고 했다. 옵션으로 장착한 내비게이션 덕을 본 모양이었다. 마사하루는 일이 착착 돌아가자 도리어 어이가 없었다.

"내일 사러 가자고. 나도 같이 가 줄 테니까. 그리고 주말에는 구로사와 영화 감상회를 여는 거야."

사카이가 그렇게 말하며 어깨를 툭 쳤다. 어처구니가 없어 피식 웃을 수밖에 없었다.

하지만 역시 가슴이 설레었다. 남자들의 꿈인 대형 화면에 서라운드 시스템이 우리 집에 도입되는 것이다.

마사하루의 방은 하루가 다르게 '남자들의 은신처' 분위기를 띠어 갔다. 거실은 최신 오디오 기기와 홈시어터 시스템이 떡하니 차지하고 있고, 벽 한 면은 책과 CD와 LP, 다다미방에는 마작용 고다쓰와 바닥에 앉아서 책을 읽고 필기도 할 수 있는 앉은뱅이책상. 침실은 아직 손을 대지 않았지만, 침대 커버를 짙은 색으로 바꾸자 분위기가 싹 달라졌다. 옅은 색은 때가 잘 타 싫었을 뿐인데.

그리고 좋아하는 뮤지션의 포스터를 액자에 넣어 빈 벽을 장식했다. 지미 헨드릭스와 밥 딜런의 얼굴 사진이다. 히토미가 있었다면 두 눈에 쌍심지를 켰을 것이다. 이왕 하는 김에 마쓰다 유사쿠(1989년 40세로 요절한 일본의 유명 영화배우-옮긴이)의 포스터도 걸었다.

"야, 여기 들어서면 마음이 푸근해진다니까."

사카이와 기다, 가토는 이제 단골손님이 되었다. 술과 안줏

거리는 전부 그들이 사 오기 때문에 네온이 번쩍거리는 거리에서 노는 것보다 한결 경제적이다. 아직도 소파는 사지 못했지만, 기다가 전기장판을, 가토가 좌식 의자 네 개를 기증했다. 그래 봐야 자기 집에서 쓰지 않는 것들이지만.

대형 LCD 화면으로 구로사와 감독의 영화를 보면서 모두가 무척 감격했다. 생각해 보면 마사하루 세대는 〈7인의 사무라이〉나 〈요진보〉를 극장에서 보지 않았다. 레코드도 그렇지만, 어른이 되어 경제적으로 여유가 생기자 비로소 작품의 질에 걸맞은 환경에서 감상할 수 있게 된 것이다.

사카이가 소주 칵테일을 마시면서 절절하게 말했다.

"남자가 말이야, 혼자서 방을 쓸 수 있는 건 가난한 독신 시절까지가 아닐까 싶어. 그런데 진짜 자기 방이 필요한 것은 삼십 대가 지나서잖아. CD나 DVD는 얼마든지 살 수 있어. 그리고 비싸기는 하지만 오디오 세트도 마음먹으면 살 수 있고. 하지만 그걸 즐길 수 있는 내 공간이 없단 말씀이야……."

"옳은 말이다. 난 CD 사 봐야 겨우 차 안에서나 들을 수 있다고."

"자네들은 그나마 낫지. 나는 회사 오갈 때나 MP3로 듣는다고. 차 안에서 록을 틀어 놓으면 아이들이 시끄럽다고 난리니까."

기다와 가토가 한숨을 쉬면서 동조했다.

"자네들은 가장이잖아. 집도 샀는데 서재 정도는 확보할 수 있잖아. 마누라에게 딱 부러지게 말하라고."

마사하루가 부추겼다.

"모르는 소리. 방이 세 개밖에 없는데 뭘 하겠어. 기타도 칠 수 없는 걸."

"우리는 방이 네 갠데도 다다미방은 손님용이라면서 책꽂이 하나 못 놓게 해."

"요컨대 회사에 다니는 평범한 가장은 대부분 월급 운반책이라고. 떼돈 벌어서 초고층 아파트에 사는 인간들, 싹 다 쓸어버리고 싶을 정도라니까."

볼을 씰룩거리며 말하는 통에 마사하루는 웃음을 터뜨릴 뻔했다.

"그런데 자네 마누라는 돌아올 가능성이 없는 거야?"

"아마 그럴 거야."

마사하루는 어깨를 움츠리며 대답했다.

"괜히 간섭하는 것 같아서 안 물어봤는데, 별거한 원인이 대체 뭐야?"

"글쎄, 나도 잘 모르겠어."

"자네, 마치 남의 일처럼 얘기하는군."

사카이가 코를 찡그렸다.

"아마 취향이 너무 달라서일 거야. 반신욕하는 것도 그렇고."

"그래, 이해가 간다. 우리 마누라도 반신욕파라서 내가 잘 알지. 나는 뜨거운 물에 몸을 푹 담그고 싶은데, 물을 두 종류로 할 수는 없다면서 반신욕하라고 그런다니까."

기다가 입을 꾹 다문 채 고개를 끄덕거렸다.

"집에 손님을 초대할 때도 난 사실 괴로웠어."

마사하루는 기지개를 펴며 말했다.

"한 달에 한 번 마누라가 친구 부부들을 초대했거든. 나 결혼하고 알았는데, 사실은 사교적인 성격이 아니더라고. 얼마나 피곤하던지."

"우리 집도 그래. 마누라가 아이들을 친정에 맡기고 와인 파티를 여는데, 난 갑갑하기만 하더라고. 휴일 밤 정도는 뒹굴면서 텔레비전이나 보고 싶은데 말이야."

가토가 바닥에 드러누워 말했다.

"여자들은 왜 그렇게 홈 파티를 좋아하나 몰라. 그러니 남에게 보이기 위해 집 안을 꾸미게 되는 거지. 이 집의 좋은 점은 남을 위한 부분이 전혀 없다는 거야. 책꽂이에 다 못 꽂은 잡지는 바닥에 늘어놓고. 얼마나 편해."

사카이가 그 잡지를 끌어당겨 베개 삼았다.

"말이 나왔으니까 하는 말인데, 이런 건 홈 파티라고 할 수 없나?"

기다가 물었다.

"이런 건 그렇게 말할 수 없지. 귀가 거부증 남자들의 모임이니까."

마사하루가 그렇게 말하자, 나머지 셋이 몸을 비틀며 웃었다.

"서로 좋아하는 게 다르니까, 아마 마누라도 내 취향이나 성격에 줄곧 거부감을 느꼈을 거야."

이어 천장을 올려다보며 말했다.

"와우, 제법 객관적인데. 다나베, 혹시 짚이는 거라도 있어?"

"밥 빨리 먹는다고 비난받은 적이야 있지."

"하하. 그런 정도겠지. 나도 신혼 시절에 부엌에서 이 닭지 말라는 소리, 백 번은 들었을 거야. 계속 그랬다면 아마 이혼하자고 나왔겠지."

"결국 부부도 남이야."

가토가 이성적인 말을 하자, 모두 입을 다물었다. 삼십 대 후반의 남자 네 명이 각자 제멋대로 방바닥에 누워 있다.

부부도 남이라. 한숨을 쉬며 눈을 감았다.

히토미는 지금 뭘 하고 있을까. 문득 아내의 얼굴이 떠올랐다. 마사하루는 지금까지 아내 생각을 한 번도 하지 않았다는 것을 깨닫고는 아연해졌다.

연락도 전혀 하지 않았다. 아니 연락하고 싶은 마음도 없었다. 낙담해서 한심하게 살지도 않는다.

끙, 마음속으로 신음했다. 아내가 집을 나간 지 벌써 한 달이 지났다.

4

마사하루의 소파 구매 작전에 한 줄기 서광이 비쳤다. 영업을 하며 돌아다니다 메구로 거리에서 중고 가구점이 모여 있는 곳을 발견한 것이다. 쇼윈도 밖에서만 보는데도 세련된 감각이 느껴졌다. 회사 여직원에게 그곳에 대해 물어보았더니, 지금 한창 인기 있는 곳이고, 오래 사용해서 은근한 멋이 우러나는 가구가 많이 전시되어 있단다. 당장 토요일에 가 보기로 했다. 차가 없어 택시를 타야 했다.

정말 좋은 물건이 많았다. 더욱이 마음에 들었던 것은 창고처럼 물건들이 쌓여 있다는 점이었다.

첫 번째 가게에서 후보감을 발견했다. 짙은 갈색 가죽인데 적당히 색이 빠져, 오래 입어 편한 가죽점퍼 같은 느낌이 우러났다. 마음속으로 그렸던, 우디 앨런의 영화에 나올 법한 소파였다. 10만 엔이라니 좀 비싸긴 하지만, 이왕 사기로 한 거 크게 부담스럽지는 않았다.

그리고 두 번째 가게에서 드디어 '만남'이 있었다. 새빨간 가죽 소파였다. 의표를 찌르는 색감이 마사하루의 마음을 사로잡았다. 튀면서도 멋스러웠다. 사이즈가 거실에 딱 들어맞는 데다 삼인용과 일인용 세트인 것도 좋았다. 게다가 가격은 8만 엔. 삼인용 쪽에 누워 보았더니 자신의 몸이 쏙 안기는 듯했다.

빨강이라. 남자가 빨간 소파를 사용하려면 용기가 필요한데.

하지만 부엌 의자가 이미 빨강인데도, 그리 튀지 않는다.

"이 물건, 이번 주에 들어온 거예요. 다이칸야마에 있는 한 카페에서 리모델링을 하느라 내놓은 것인데, 이 가격이면 싸게 사시는 거예요."

어지간히 마음에 든 표정을 짓고 있었는지, 여점원이 다가와 말했다.

"좀 화려하지 않을까요?"

"화려하기는요. 갈색 톤의 가구와 코디하면 별로 튀지도 않을 거예요."

팔짱을 끼고 생각에 잠긴다. 갈색 계통이라. 그야말로 지금 자신의 집이 갈색 톤이다.

"제 생각에 오늘내일 팔릴 것 같은데……."

"사죠."

마사하루는 지난 한 달 동안 몇 번은 되풀이했을 대사를 다시 한번 내뱉었다. 이 만남을 놓치면 반드시 후회할 것 같았다.

전시된 물건밖에 없는 개인 가구점이라, 오후면 배달할 수 있다고 했다.

좋았어. 드디어 마이 홈의 완성이다. 혼자서 손가락으로 조그맣게 V자를 그렸다. 꿈에 그리던 실내가 오늘 드디어 완성된다.

다음 주 월요일, 마사하루는 제가 먼저 사카이와 기다, 가토를 초대했다. 셋 다 빨간 소파를 보고는 눈이 휘둥그레졌다.

"야, 이거 좋은데. 아주 좋아. 자네 보기보다 감각이 있는 것 같은데."

사카이가 웃으면서 칭찬해 주었다.

"그래, 우리 같으면 그저 무난한 색상을 골랐을 텐데 말이야. 검정이나 회색이나."

"정말. 빨강이 이렇게 멋진 줄은 몰랐는데."

기다와 가토도 흥분을 감추지 않았다. 빈말은 아닌 것 같아, 마사하루도 내심 기뻤다. 인테리어 잡지에서 취재하러 안 오나 싶을 정도였다.

그날 밤에는 주문한 피자와 치킨과 함께 와인을 마셨다. 영화는 쓰타야에서 빌려 온 〈성난 황소〉를 보았다.

"역시 스콜세지 감독과 드니로는 최고의 콤비라니까."

"극중 역할 때문에 몸무게를 20킬로그램이나 불렸다니, 드니로도 참 대단해."

영화가 끝나자 다들 감격해서 한마디씩 했다. 셋은 밤 10시가 지나 돌아갔다.

마사하루는 욕조에 뜨거운 물을 받아 어깨까지 푹 담갔다. 히토미가 나간 후부터 늘 전신욕을 하고 있다.

그리고 소파에 누워 음악을 들으면서 책을 읽고 있는데 전화벨이 울렸다. 벽에 걸린 시계를 보니 11시가 넘어 있었다.

누굴까 하면서 받아 보니 사카이였다.

"저 말이지, 미안한데, 지금 자네 집에 다시 가도 괜찮을까?"

어쩐지 목소리가 묵직했다.

"왜, 무슨 일 있어?"

"아무튼 가도 괜찮겠어? 오래 걸리지 않을 거야. 현관에서, 5분 정도만 있으면 돼. 택시 타고 갈 테니까, 앞으로 30분이면 도착할 거야."

사카이는 영문 모를 소리를 했다.

"어떻게 된 거야? 제대로 설명을 해야지."

"자세한 얘기는 가서 할게. 아무튼, 지금 떠난다."

그러고는 전화가 뚝 끊겼다. 마사하루는 눈썹을 찡그리고 잠시 서 있었다.

무슨 일이지? 급하게 돈을 좀 빌려 달라든가, 그런 일일까? 아니, 그런 일이라면 이렇게 서두를 필요가 없다. 게다가 어디서 전화를 한 거지?

생각해 봐야 알 수 없었지만, 즐거운 일이 아닌 것만은 분명해 보였다. 사카이의 말투가 거의 암울했으니까.

과연 30분 후에 인터폰이 울렸다. 사카이라는 것을 확인하고 아파트 입구 문을 열어 주었다. 1분 후, 이번에는 마사하루의 집 현관 벨이 울렸다. 잠옷을 입은 채로 현관문을 열자, 사카이와 웬 여자가 긴장한 모습으로 서 있었다.

"미안해. 우리 와이프, 준코. 만난 적 있지? 하기야 결혼식 때 한 번 본 게 전부겠지만."

사카이가 속삭이듯 낮은 소리로 말했다. 준코는 창백한 표정으로 입을 꼭 다물고는 눈을 마주치려 하지 않았다.

"아……, 안녕하세요."

마사하루는 일단 고개를 숙이면서 인사했다.

"준코, 우리 동기 다나베야. 이제 믿겠어? 나, 이 녀석 집에서 놀다 간 거였다고."

사카이가 준코에게 작은 소리로 말했다.

"오늘 밤도 그렇고, 지난주 금요일과 수요일에도. 그리고 기억은 잘 안 나지만, 그 전주 금요일에도."

사카이의 아내는 눈물을 글썽이고 있었다. 방금 전까지 부부 싸움을 했다는 게 뻔히 보였다.

"여기까지 왔으니까, 들어가서 집 안이나 구경하고 가자고. 다나베, 미안한데 좀 들어가도 되겠지?"

"그럼, 어서 들어와."

주인이 오히려 떠밀리는 꼴이었다. 사카이는 준코의 팔을 잡고 복도를 걸었다. 준코는 샌들도 벗는 둥 마는 둥 앞으로 고꾸라질 듯 사카이의 팔에 끌려갔다.

거실은 제일 안쪽에 있다.

"보라고, 조금 전까지 여기 있었어. 준코, 잘 보라고. 굉장하지? 최신 오디오에 37인치 LCD 텔레비전에, 서라운드 시스템까지 있어."

사카이가 단숨에 말을 토해 냈다.

"가구도 그렇고 조명도 세련되었지? 독신자들이 꿈꾸는 방이야. 좀 좁다 싶은 게 더 좋아. 무엇이든 금방 손에 닿으니까. 난 이 방에 있으면 젊은 시절이 생각나고, 학생으로 돌아간 기분에 재미있고, 푸근하고, 그래서 툭하면 들렀던 거야."

사카이의 아내는 입술을 파르르 떨면서 터져 나오려는 울음을 간신히 참고 있었다.

"다나베, 미안하군. 나도 참 뻔뻔한 놈이지."

사카이는 마사하루를 향해 고개를 숙였다.

"무슨 소리야? 난 괜찮아. 그리고 오늘은 내가 오라고 한 거잖아."

당황한 마사하루는 손을 내저었다.

"그랬던 거야. 이게 다 제대로 설명하지 않은 내 잘못이야."

사카이는 준코의 등을 밀었다.

"내려가서 좀 기다려."

사카이의 아내는 두 손을 모으고 공손히 고개 숙였다. 머리칼이 앞으로 축 늘어졌다. 그녀는 마지막까지 단 한 마디도 하지 않은 채 복도를 뛰어갔다.

사카이는 숨을 씩씩거리며 머리를 쥐어뜯었다.

"정말 미안해. 봐서 알겠지만 한바탕하고 온 거야. 형편없는 꼴을 보이고 말았군."

그리고 눈을 껌벅거리며 말을 이었다.

"동네 아줌마들이 내가 퇴근길에 교도 역에서 내리는 걸 몇 번이나 봤다는 거야. 물론 그 말이 마누라 귀에도 들어갔지. 헛소문은 흥미로울수록 좋은 법이니까, 역 앞 슈퍼마켓에서 젊은 여자와 장을 봤다느니 하는 얼토당토않은 소문이 꼬리를 물었어. 그러다 오늘, 집에 들어갔더니 마누라가 다짜고짜 따지고 드는 거야. 마누라도 의심에 눈이 멀었을 테니까 제정신이 아니었겠지."

"그런 일이 있었군……."

"무슨 말을 해도 믿지 않는 거야. 여자도 아니고 다 큰 남자가 회사 동료 집에서 뭘 했느냐, 매일 밤 수다를 떠는 게 그리 즐거우냐, 음악을 들었다느니 영화를 봤다느니 하는 거 다 거짓말이다, 그러는데 영 대책이 없더라고."

"그래, 상상이 간다."

"그런데 그게 다 사실이니까 어쩔 수 없잖아. 그래서 증거를 보여 주겠다고 했지."

"그래, 잘했어."

"아무튼 미안하게 됐어."

사카이는 또 고개를 깊이 숙였다.

"우리 사이에 서먹하게 왜 그래. 그만 하라고."

"이 신세는 다음에 갚을게."

"괜찮아. 신세는 무슨."

마사하루는 손을 저었다.

"그럼 이만 간다."

사카이는 발길을 돌려 힘차게 거실을 나가 복도를 성큼성큼 걸었다. 그리고 현관문이 소리 없이 닫혔다. 마사하루는 잠시 그 자리에서 움직일 수 없었다.

그때야 음악을 마냥 틀어 놓았다는 것을 알았다. 볼륨을 줄였다.

옛날에 끔찍이도 좋아했던 스팅이 〈셋 뎀 프리〉를 노래하고 있었다.

5

다음 날 점심때, 사카이와 점심을 먹으러 나갔다. 사카이 쪽에서 자신이 내겠다고 가자고 한 것이었다. 장어구이 집에 마주 앉았다. 사카이는 고개를 좌우로 돌리며 히죽히죽 웃었다. 속이 후련하다는 표정이었다.

"우리 마누라가 이제야 정신을 차렸나 봐. 창피해 죽겠다고, 회사 사람들 얼굴을 어떻게 보느냐면서 풀이 팍 죽었어."

"그럴 게 뭐 있어. 신경 쓰지 말라고 준코 씨에게 전해."

마사하루는 너그러운 심정으로 말했다. 실제로도 불쾌한 마음은 전혀 없었다.

"고맙다. 전할게. 이 모든 게 시간이 지나면 웃으면서 얘기할 추억이 되겠지."

"그래, 동감이다. 아마 10년쯤 지나면 부부의 좋은 추억이 될 거야."

"다음에는 우리 집에도 놀러 와. 마누라에게도 실수를 만회할 기회를 줘야지. 음식 솜씨 하나는 죽이거든."

"알겠다. 가서 신나게 얻어먹지. 기대할게."

맥주 한 병을 주문해서 둘이 나눠 마셨다. 장아찌를 아삭아삭 씹는다.

"나 말이지, 속으로는 좀 찔렸어."

사카이가 불쑥 그런 말을 꺼냈다.

"찔렸다고?"

"응. 그냥 밖에서 술이나 마시고 마작이나 했다면 늘 하는 일이니까 당당했을 거야. 그런데 퇴근길에 동료 집에 들러 노는 건, 마누라에게 어째 좀 미안한 마음이 있었나 봐. 그래서 솔직하게 말 못한 거겠지. 야근이다, 접대다, 그렇게 거짓말을 했거든."

"그랬구나."

"그렇잖아. 내 집보다 동료 집이 편하다면, 마누라족에게는 모욕적인 일 아니겠어. 하기야 지금이니까 그런 객관적인 생각을 할 수 있지, 어제까지는 본능적으로 숨겼어."

"알 만하다."

"그런데 거짓말을 하면 행동에 나타나잖아. 뭔가 숨기는 게 있다는 것을 저쪽에서 알아차리게 된 참에 또 이상한 소문이

나돈 거지. 그 상황에서 여자라면 동요하는 게 당연하고."

"그렇겠지."

그때 장어구이가 나와, 잠시 말없이 먹었다. 뒤에 있는 테이블에서는 어느 회사의 관리직인지, 부하 직원을 상대로 영업 전략을 장황하게 늘어놓고 있었다.

"둥지를 짓는 거, 그거 여자의 아이덴티티란 생각이 들어."

사카이가 말했다.

"남자가 나서면 안 되는 일 같아."

"음, 그렇겠지."

"집 안에 혼자만의 공간을 갖자면, 큰 집을 짓든지, 별장을 따로 마련하든지, 그런 능력이 필요해. 달랑 하나밖에 없는 집을 남자의 왕국으로 만들 수는 없는 거지. 집이란 여자들의 성역이야."

듣고 보니 맞는 말이라 마사하루는 어깨를 으쓱했다. 그리고 자신의 경우를 생각했다.

지난 두 달 동안, 자신의 왕국을 만들기에 여념이 없었다. 히토미가 집을 나간 덕에 족쇄가 풀려 지금까지 해 보고 싶었던 일들을 눈치 보지 않고 마음껏 실행했다. 오디오와 홈시어터는 자신만의 난로였다. 스탠드와 소파는 둥지를 지키기 위한 울타리이고.

"그런데 다나베, 마누라와는 연락하나?"

"아니, 전혀."

"내가 나설 일은 아니지만, 이대로 헤어질 수는 없잖아. 연락할 거면 남자 쪽에서 먼저 하는 게 좋아. 나간 쪽의 체면도 있고 하니까."

"자네, 제법 어른스러운데."

"당연하지. 이래 봬도 일국의 가장인데."

사카이가 장난스럽게 가슴을 쫙 폈다.

"여자의 성역이라면서?"

둘이서 웃었다. 신기하게도 마음이 따스해졌다.

그날 밤, 마사하루는 히토미에게 전화를 걸었다. 무엇을 핑계로 삼을지 30분을 고민했지만 적당한 게 없어서, 잘 지내냐고 그저 안부나 묻기로 했다.

전화기 앞에 서서 또 30분을 망설였다. 용기가 없었다.

하지만 더 미루면 전화를 거는 것조차 쉽지 않을 것 같아 일단 부딪쳐 보자는 심정으로 수화기를 들었다.

히토미는 집에 있었다.

"나, 마사하루인데. 오랜만입니다. 어떻게, 잘 지내십니까?"

어째 남 대하는 듯한 말투였지만, 더듬대지 않고 자연스럽게 흘러나와 안도했다.

"응, 나야 잘 지내지. 당신은?"

히토미는 놀라는 기색 없이 담담하게 대답했다.

"일은 어때?"

"그냥 그렇지, 뭐."

잠시, 서로의 근황을 두서없이 주고받았다.

"그런데 당신, 굉장한 텔레비전 샀더라."

히토미가 불쑥 말했다.

"어, 어떻게 알았어? 누구에게 들었어?"

"아니, 봤어. 내 눈으로. 열쇠, 아직 갖고 있으니까."

"정말? 그럼 우리 집에 왔었단 말이야?"

마사하루는 얼굴이 화끈거렸다.

"이 주일쯤 되었나. 전자레인지 새로 바꿨거든, 내가 디자인한 상품이 출시돼서. 그래서 헌것을 어쩔까 하다가, 당신이 아직 사지 않았을 것 같아서 갖다 주려고 택시에 싣고 갔었지."

"몰랐네."

"모르는 게 당연하지, 평일 낮에 갔으니까. 방에다 메모라도 남기고 오려고 했는데……."

그리고 잠시 뜸을 들였다.

"당신, 집 안을 싹 바꿨더라. 나, 얼마나 충격이던지 그냥 들고 돌아왔어."

"그랬어? 충격이었다니, 왜?"

"그야말로 남자들이 선망하는 공간으로 변신했던걸. 오디오가 있고, 홈시어터가 있고, 책과 CD와 LP가 죽 꽂혀 있고, 선반 위에는 선인장 화분도 있고……. 여자를 끌어들인 흔적이 있는 것보다 충격이 더 컸어. 나랑 살았던 8년이 싹 무시된 기분이더라고."

"그럴 리가……. 과장이 심한 거 아냐?"

마사하루가 쥐어 짜내듯 말하자, 히토미는 후후, 하고 조그맣게 웃었다.

"나, 마음 한구석으로는 엉망이 돼 있는 집 안을 기대했어. 살풍경하고, 부엌에는 편의점 도시락 껍질이 널려 있고. 그럼 청소라도 해 주려고 했는데, 전혀 아니던걸, 뭐. 그래서 기가 팍 죽어서 그대로 물러 나왔지."

마사하루는 뭐라 대꾸할 말이 없어, 괜히 코를 훌쩍거렸다.

"그래도 시간이 지나니까 정신이 들더라. 당신 방, 멋졌어. 나, 어쩜 마음에 들었는지도 몰라. 그리고 오랜만에 당신 독신 시절에 살았던 방이 생각났어. 책과 CD가 산더미처럼 쌓여 있었잖아."

그 시절이 그립다는 듯 아련한 표정을 짓고 있을 히토미의 모습이 눈앞에 그려졌다.

"전화한 김에 묻는데, 당신 집을 나간 이유가 뭐야?"

"잊어버렸어. 다 옛날 일인 것 같아."

"말도 안 돼."

혼자서 코를 찡그렸다.

"혹시 내가 밥 빨리 먹어서 짜증이 난 거야?"

"알았으면 고쳐."

"알았어. 고칠게."

"언제였나, 생선초밥 주문했을 때, 나는 차를 준비하고 있는데, 당신 혼자 먹어 버린 일 있잖아. 그때는 정말 화나더라."

"그러게 고친다니까."

수화기를 통해, 서로의 한숨 소리가 전해졌다.

"이번 주말에 놀러 가도 돼?"

히토미가 가볍게 물었다.

"그럼, 물론이지. 놀러 와."

마사하루는 삼단뛰기의 속도로 대답했다.

"나 그 커다란 텔레비전으로 영화 보여 줘. 그리고 당신의 그 엄청난 오디오 세트로 음악도 들려주고."

"알았어. 음, 방은 청소를 해 두는 게 좋을까?"

"당연하지. 나한테 시킬 거야?"

히토미가 뽀로통하게 말하고는 웃었다.

서로에게 잘 자라는 말을 나누고, 전화를 끊었다. 모래 산이 무너지듯 어깨에서 힘이 쭉 빠져나갔다.

빨간 소파에 드러누워 한숨을 쉬었다.

주말에 온다고? 눈을 감고 심호흡을 했다.

잠시 후에 벌떡 일어났다. 숨길 게 없었나?

있다. 성인용 DVD를 다섯 장이나 샀다.

얼른 침실로 가 침대 밑에서 꺼냈다. 버리자니 아까워서 재킷만 버리고 DVD는 컴퓨터용 디스크 케이스 안에 넣어 두기로 했다. 이건 됐고. 그다음은, 그다음은……, 아뿔싸, 불장난을 기대하고서 침구 커버도 새로 바꿨다. 원래대로 해 놓아야지.

마치 독신 시절, 히토미를 방에 초대했을 때 같은 기분이었다.

마사하루는 자신이 만든 방을 몇 번이나 점검했다.

구리하라가 옆에서 몸을 쑥 내밀었다.
젊은 남자의 체취와 함께 새큼한 향수 냄새가 코로 흘러들었다.
어깨가 살짝 닿았다. 히로코는 몸을 비키지 않았다.
탄탄한 근육이 느껴졌다. 얼굴이 뜨끈한 열기를 띠었다.
호감은 가지 않았지만, 접촉이 싫지는 않았다.
남편이 아닌 남자와 이렇게 가까이 있었던 것은 까마득한 옛적의 일이다.

그레이프프루트 괴물

1

 사토 히로코는 도쿄 외곽에 새로 개발한 주택지에 사는, 서른아홉 살의 전업 주부이다. 초등학교에 다니는 아이가 둘 있고, 단독 주택에서 행복하게 생활하고 있다. 중견 인쇄 회사에 다니는 남편은 지난봄에 과장으로 승진했다. 수완이 좋은 것은 아니지만 사람들 사이를 잘 중재하는 성격 덕분에 신뢰를 받고 있는 듯하다. 아이들도 건강하게 잘 크고 있다. 둘 다 활발하고, 큰딸은 반에서 임원을 맡고 있다.

 동네 아줌마들과도 잘 지낸다. 아들이 축구팀에 들어간 덕에 갑자기 아는 사람이 많아졌다. 주부의 세계는 동네가 전부다. 그래서 더욱이 소중하다.

 남편의 월급으로 살림은 충분히 꾸려 갈 수 있지만, 히로코는 다소나마 저금을 하고 싶어 부업을 하고 있다. 홍보용 우편물에 사용할 주소와 이름을 입력하는 작업이다. 한 통에 고작 7엔. 특별한 기술이 없으니 다른 수가 없다.

 "아유, 컴퓨터를 할 줄 아니 얼마나 좋아. 집에서도 일할 수 있고."

 슈퍼마켓 계산대에서 일하는 이웃집 아줌마는 컴퓨터 앞에 앉아 있는 히로코의 모습을 보고는 그렇게 오해했다. 키보드를 다루는 것이 이 부업을 그럴싸하게 포장해 준다. 손으로 쓰는 작업이었다면 한심하게 보였으리라. 그랬다면 히로코도 굳이 할 마음이 없었을 것이다.

업자에게 받은 명단을 기계적으로 입력한다. 때로는 어느 학교의 졸업자 명단이고, 때로는 어떤 회사의 고객 명단이다. 앙케트지 뭉치를 건네받을 때는, 별생각 없이 응하는 앙케트가 이렇게 유통되나 싶어 조금은 섬뜩해진다.

'피메일'이라는 회사가 부업의 발주처다. 아이가 아직 어려 밖에서 일할 수 없는 주부들에게 벽지 끝에 풀을 바르는 일에서 상품 모니터까지 다양한 일거리를 알선한다. 이 지역을 담당하는 오십 줄의 뚱뚱한 남자가 일주일에 한 번씩 돌아다니면서 플로피 디스크를 회수해 간다. 현관에 선 채 일거리를 주고받을 뿐, 다른 얘기를 나누는 일은 없다.

"사토 씨, 고마워요. 날짜를 잘 지켜 줘서."

그 정도 공치사는 해 주지만.

그래도 싫증 내지 않고 계속하는 까닭은 일에 몰두하다 보면 시간 가는 것을 잊을 수 있기 때문이다. 보잘것없지만, 충만감도 있다. 어쩌다 급한 일을 맡게 되기도 하는데, 조금은 얽매여 있어야지 안 그러면 그저 밋밋한 일상에 오히려 불안해진다.

아이들이 학교에서 돌아오기 전까지, 식탁 의자에 앉아 타닥타닥 키를 두드린다. 마냥 켜 있는 라디오에서는 주부를 상대로 인생 상담을 하는 프로그램이 흐른다. 히로코는 이렇게 소박한 나날이 싫지는 않다. 크게 바라는 것이 없기 때문이다. 이제 곧 마흔 살. 명실상부한 아줌마. 피하고 싶어도 피할 수 없는 것이 나이다.

그날은 현관 벨이 좀 다르게 울렸다. 세게 누른다고 크게 울리는 것도 아닐 텐데, 어쩐지 소리가 거칠게 들렸다.

피메일의 영업 사원이 오는 요일이라 그러려니 하고 인터폰을 들었는데, 평소 오는 담당자의 목소리가 아니었다.

"실례합니닷."

퉁명스러운 말투였다.

플로피 디스크를 봉투에 담아 들고 현관문을 열었다. 요란한 핑크색 넥타이가 시야에 날아든다. 고개를 살짝 들어 보니, 젊고 얼굴이 가무잡잡한 남자가 서 있었다. 엷은 갈색 머리가 어딘가 모르게 서퍼 분위기였다. 화장품 냄새도 코를 찔렀다.

"아, 저는."

남자가 급하게 인사했다.

"오늘부터 이 지역을 담당하게 된 구리하라입니다."

남자가 머리카락을 끌어 올리면서 고개를 숙였다.

"그러세요? 잘 부탁해요."

히로코도 인사했다. 전임자는 아무 말이 없었지만, 부업하는 일개 주부에게 일일이 인수인계를 하고 자시고 할 것도 없으리라.

"죄송한데요, 화장실 좀 사용할 수 있을까요?"

구리하라가 구걸하듯 한 손을 위아래로 흔들며 말했다.

"아, 그러세요."

거절할 이유가 없어 히로코는 그러라고 했다. 구리하라를 집 안으로 들이고, 앞서 복도를 걸어 화장실을 안내했다. 덩치가 작아서 안심했다. 대낮에 덩치 큰 남자였다면, 만일에 대비해 긴장하게 된다.

구리하라가 일을 보는 동안 현관에서 기다리기가 뭣해서 옆에 있는 거실로 들어갔다. 조용한 집 안에 쫄쫄거리는 오줌 소리가 울렸다. 히로코는 그 무례함이 불쾌했다. 영업 사원이라면 공원이나 공중 화장실에서 볼일을 끝낼 일이다.

구리하라가 화장실에서 나와 저벅저벅 발소리를 내며 복도를 걸어 거실로 들어왔다.

"야, 이거 정말 덥군요."

얼굴을 잔뜩 찡그리고 그렇게 말하면서 제멋대로 소파에 덜퍼덕 앉았다. 그리고 넥타이를 느슨하게 풀고 가느다란 목을 거북처럼 쭉 내밀었다.

"올해는 마른장마라는데, 차가 고물이라서 에어컨도 잘 안 나옵니다."

그러고는 손을 부채처럼 휘휘 저으면서 입을 벌리고 목이 말라 죽겠다는 몸짓을 했다.

"시원한 보리차라도 드릴까요?"

히로코는 할 수 없이 그렇게 물었다.

"아, 이거 미안합니닷."

구리하라가 처음으로 하얀 이를 보이며 말했다.

히로코는 어이가 없었다. 정말 뻔뻔한 남자다.

속으로 투덜거리며 부엌에 가서 잔에 얼음 몇 개를 넣고 보리차를 따랐다. 쟁반에 담아 거실로 돌아오니, 구리하라는 텔레비전이 놓인 선반을 들여다보고 있었다.

"사토 씨네는 아직도 비디오를 보는군요."

갑자기 말투가 친근해졌다.

"네."

대답할 말이 없어 그렇게만 대꾸했다. 뒤처졌다고 말하고 싶은 것일까.

"DVD 소비자 모니터를 모집하고 있는데, 한번 해 보실래요?"

구리하라가 이쪽으로 몸을 틀며 물었다.

"석 달 동안 모니터하고 사례금은 9천 엔입니다. 물론, 앙케트를 채점한 후에 최대한 드릴 수 있는 금액이지만."

"아니, 괜찮아요."

히로코는 보리차를 테이블에 내려놓으며 사양했다. 잘 알지도 못하는 일인 데다 말투도 마음에 안 들었다.

"왜요? 모니터는 다들 하고 싶어 하는 아르바이트인데. 최신 상품을 공짜로 사용할 수 있다고요."

"난 기계 잘 다룰 줄 몰라요."

"그래서 더 좋다는 겁니다. 메이커에서는 그런 사람들이 사용하기에 어떤지 알고 싶어서 모니터를 하는 거니까."

구리하라는 보리차를 단숨에 들이켰다.

"이건, 이번에 부탁할 일인데……."

그러고는 종이봉투에서 엽서 다발을 꺼냈다.

현상 모집에 응모한 엽서인 듯했다. 명단이라면 눈으로 읽기만 하면 되는데 이런 건 한 장 한 장 넘겨야 하니 귀찮은 일거리다.

"이 다발이 삼십 대 이상 독신 여자고, 이 다발은 사십 대 이상 기혼자……."

히로코는 이 일을 하면서 홍보용 우편물이 어떻게 날아오는지 알게 되었다. 어딘가에 응모하기 위해 별생각 없이 보낸 엽서까지 자료로 관리되고 있다.

"그런데 사토 씨는 몇 살이죠?"

"……서른아홉이에요."

대답하고서 얼굴이 화끈 달아올랐다.

"야, 젊어 보이는데요. 삼십 대 전반이라고 해도 되겠어요."

그런 소리를 들어 봐야 달갑지 않다. 나이를 물은 것에 오히려 화가 났다.

"전 스물아홉인데 말이죠."

히로코는 잠자코 엽서 다발을 받아 들고 작업한 플로피 디스크를 내밀었다.

"이거, 내년에 성인이 되는 딸이 있는 가정의 리스트 맞죠?"

구리하라가 물었다.

"글쎄요. 내용에 관해서는 들은 게 없어서."

"그렇군요. 재택분들은 자료를 입력하기만 하면 되는군요."

구리하라가 소파 등받이에 몸을 기대고 어깨를 으쓱했다.

재택분은 처음 듣는 말이었다. 부업하는 주부들을 그 회사에서는 그렇게 부르는 모양이다. 바보 취급을 당한 기분이었다.

"전에 하시던 분은 어떻게 되었죠?"

히로코가 물었다.

"그만두지 않았을까요? 저도 이번 주에 갓 들어와서 잘은 모르지만."

사원들이 수시로 들고 나는 회사인 듯하다. 서른 가까운 나이에 부업을 알선하는 회사에 취직한 남자 역시 직장을 전전하는 처지였으리라.

"그럼."

히로코는 작업 인수증을 받고는 어서 가라고 채근하듯 말했다.

"아, 실례가 많았습니다."

구리하라가 스프링이 튀어 오르듯 벌떡 일어났다. 귀를 덮고 있던 머리칼이 흔들리면서 그 아래 있는 피어스가 보였다.

착실한 영업 사원은 아닐 듯했다. 매주 이 남자가 올 것을 생각하니, 마음이 무거웠다. 히로코는 다음부터는 집 안에 들이지 않아야겠다고 생각했다.

현관에서 구리하라가 구두를 신을 때, 양말 뒤축에 뚫린 구멍이 보였다. 독신인 모양이었다.

구둣주걱을 빌려 달라고 해서 내미는데 손이 슬쩍 닿아 바닥에 떨어졌다. 둘이 동시에 몸을 굽히는 바람에 머리끼리 툭 부딪쳤다. 젊은 남자의 후끈한 열기 같은 것이 피부에 끼쳤다. 화장품 냄새도.

"아, 미안합니다."

구리하라가 사과했다.

그리고 긴 머리를 흔들며 사라졌다. 귤 냄새 같은 향수 냄새가 코에 남았다.

그날 밤, 묘한 꿈을 꾸었다. 그레이프프루트 괴물에게 겁탈당하는 꿈이었다. 미셸린 타이어의 캐릭터처럼 겹겹이 둥글둥글한 생물이 히로코를 덮친 것이다. 꿈속인데도 어느 정도 의식이 살아 있어, 그 괴물이 낮에 온 구리하라의 변신이라는 것을 알 수 있었다. 젊지만 유치하다는 이미지였으니까. 기를 쓰고 저항하지 않은 것을 보면 그렇게 싫지는 않았나 보다. 마지막에는 포기하고 몸을 맡겼다. 마음 어느 한구석에는 기대감도 있었다. 음탕한 욕망은 아니었다. 조금 색다른 일상을 원하는, 그 정도의 바람이었다. 금방 느낌이 온 것은 사실이지만.

 아침에 팬티에 얼룩이 묻어 있는 것을 보고는 깜짝 놀랐다. 이렇게 구체적인 꿈을 꾸기는 몇 년 만의 일이었다. 물론 옆에 누워 잔 남편은 알 리 없다.

2

 다음 주, 구리하라는 DVD 덱을 메고 나타났다. 현관에서 핑크색 넥타이가 흔들렸다.

 "지난주에 말한 모니터 건 말이죠, 역시 사토 씨에게 부탁했으면 싶어서요. 앙케트 용지의 전 항목을 기입하면 한 달에

3천 엔이 나옵니다."

그렇게 말하면서 거실까지 멋대로 들어왔다.

"애들 용돈도 될까 말까 한 금액이라 미안하지만, 점심 한 끼 정도는 푸짐하게 먹을 수 있다 생각하면 되지 않을까요."

"저, 하지만."

히로코는 당황하면서도 덱의 포장을 뜯어내는 구리하라를 그냥 내려다보았다.

"이런 거, 하고 싶어 하는 사람 많습니다. 하지만 단독 주택에 사는 회사원 가정에 중학생 이하의 아이가 둘 이상 있어야 한다는 조건이 있어서."

"네, 그렇군요."

그 DVD 덱은 일류 가전 메이커의 물건에, 사자면 큰맘 먹어야 하는 가격이었다.

구리하라는 텔레비전 밑 선반에서 비디오 덱을 꺼내더니 뒤쪽에 있는 잭을 뽑아 DVD 덱에 연결하는 작업을 시작했다.

"사모님, 목이 좀 마른데."

마치 개그맨 같은 말투였다.

마음속은 불쾌함에 부글부글 끓었지만, 할 수 없이 시원한 보리차를 갖다 주었다.

구리하라는 보리차를 꿀꺽꿀꺽 마시더니 윗도리를 벗고 다시 작업을 시작했다. 히로코는 그 등을 바라보았다. 의외로 살집이 없는 근육질이었다. 스포츠를 하는 남자의 등이다.

"아차, 이럼 안 되는데."

구리하라가 혀를 차면서 돌아보았다.

"세팅, 제가 하면 안 되는데……."

"그래요?"

"모니터 당사자가 해야 하거든요. 그것도 앙케트 항목에 있기 때문에."

"그럼 남편이 돌아오면 부탁하죠. 난 기계에 대해서 잘 모르니까."

"음."

구리하라가 앉은 채 팔짱을 꼈다.

"저도 정상적으로 작동이 되는지 일단 확인은 해야 하는데, 그것 때문에 또 올 수는 없고……."

히로코 역시 구리하라가 자주 들락거리기를 원치 않는다.

"사토 씨, 제가 보고 있을 테니까 한번 해 보세요. 설명서를 보면서."

뭐라 말하고 싶었지만, 일단 따랐다. 생각해 보면 히로코는 모니터 일을 하겠노라는 승낙조차 하지 않았다.

바닥에 설명서를 펼쳐 놓고 그림을 보면서 플러그를 단자에 꽂았다. OUT이다 IN이다, 뭐가 뭔지 오리무중이었다.

"아, 거기는 하얀 플러그. 노란 건 음성 단자."

구리하라가 옆에서 몸을 쑥 내밀었다. 젊은 남자의 체취와 함께 새큼한 향수 냄새가 코로 흘러들었다. 오늘 밤에도 꿈을 꾸려나. 히로코는 그런 엉뚱한 생각을 했다.

어깨가 살짝 닿았다. 히로코는 몸을 비키지 않았다. 탄탄한 근육이 느껴졌다. 얼굴이 뜨끈한 열기를 띠었다. 호감은 가지 않았지만, 접촉이 싫지는 않았다. 남편이 아닌 남자와 이렇게 가까이 있었던 것은 까마득한 옛적의 일이다.

배선 작업이 끝나자 구리하라는 소파에 깊숙이 몸을 묻고 주머니에서 담배를 꺼냈다. 영업 사원이 거래처에서 담배를 피울 작정인가.

"저, 재떨이 없습니까?"

"우리 집에는 담배 피우는 사람이 없어요."

히로코는 시치미 뚝 떼고 대답했다.

구리하라는 어깨를 으쓱하고는 담배를 집어넣고 테이블에 서류를 내놓았다.

"자, 이게 앙케트 용지입니다. 시시껄렁한 항목이 많지만, 그저 생각하는 대로 쓰면 됩니다. 우리 사장님 말이, 사용하지 않고 쓴 앙케트는 금방 알아본다고 하니까, 잘 부탁합니다. 그리고 대여증에 도장을 받아 가야 하는데."

우물쭈물하다 인수하는 꼴이 되고 말았다. 한번 해 보지, 뭐. 거치적거리는 것도 아니고, 남편은 반색할 테니까.

"그럼."

구리하라는 손만 슬쩍 들고는 거실에서 나갔다.

현관에 나가 배웅하면서 무의식적으로 몸을 내밀어 등에서 풍기는 향수 냄새를 맡았다. 그 냄새가 코를 지나 히로코의 머릿속으로 퍼져 나갔다.

공짜로 뭘 얻은 기분에 뿌듯해졌다.

"그냥 주는 게 아니란 말이지?"

남편 다쓰야는 집에 들어오자마자 DVD 덱에 관심을 보이며 설명서를 펼쳐 놓고 한참 동안 만지작거렸다.

"싸게 팔면 안 되나."

"그런 걸 왜 사. 석 달 동안 모니터하고 나면 돌려줄 거야."

"그 일 참 편하다. 아, 나도 재택근무나 했으면 좋겠다."

다쓰야는 그렇게 말하고는 바닥에 벌렁 누웠다. 뱃살이 출렁 흔들렸다.

"편한 일이라니. 집안일 틈틈이 하는 건데. 그보다 저녁 빨리 먹어. 설거지 못하잖아."

히로코는 식탁에 남편의 늦은 저녁상을 차려 놓고 얼른 먹으라고 재촉했다. 아이들은 2층에서 숙제를 하고 있다.

"맥주는?"

"마실 거야?"

"물론. 좀 꺼내 와."

히로코는 내키지 않아 인상을 찌푸리면서 냉장고에서 맥주를 꺼냈다.

네 살 많은 다쓰야는 누가 봐도 중년 아저씨다. 해마다 허리 사이즈가 늘어나더니 지금은 36인치에 육박하고 있다. 하는 운동이라고는 접대 골프뿐, 빵빵해진 배에 신경 쓰는 기색조차 없다. 남편은 젊은 여자에게 인기 있는 남자이기를 포기해 버린 듯하다. 목욕하고 나오는 남편을 보면 환멸을 느낀다.

다쓰야가 텔레비전을 보면서 닭튀김을 안주 삼아 맥주를 마시고 있다.

"당신, 다이어트 좀 하지 그래?"

이런 말을 벌써 몇백 번 하는지 모른다.

"말이지, 사람에게는 쾌적한 지방량이라는 게 있어. 건강진단에도 이상 없는데 다이어트를 왜 해. 난 이대로가 좋다고."

히로코는 식탁에 턱을 괴고 입을 쑥 내밀었다.

하기야 자신도 큰소리칠 처지는 못 된다. 슈퍼마켓 유리창에 비친 자신의 모습을 우연히 보게 되면 암울해진다. 축 늘어진 팔뚝 살은 바람이 세게 불면 흔들릴 정도다.

남편이 뉴스를 보기 시작해서 히로코는 먼저 목욕을 하기로 했다. 스펀지에 비누 거품을 내어 몸을 싹싹 문지른다. 밑에서 위로 밀어 올리면 그럴 때마다 살이 푸르르 흔들린다. 배에도 살이 겹겹이 끼여 있다.

몇 가지 미용법을 시도해 보았지만 번번이 오래가지 못했다. 절실하지 않기 때문이다. 여배우나 모델이라면 죽을 각오로 젊음을 유지하려 애쓰리라. 커리어우먼 정도만 되어도 아름다운 몸매를 가꾸기 위해 노력할 것이다. 하지만 전업 주부는 아무도 봐주지 않는다. 그래서 긴장감이 없는 것이다.

욕조에 몸을 담그고 오랜만에 마사지를 했다. 턱을 두 손으로 감싸고 볼과 목살 전체를 위로 끌어당긴다. 하다 보니 20분이나 공을 들이고 말았다.

목욕을 하고 나와서는 거울 앞에서 자신의 벗은 몸을 보았다. 이제 곧 마흔이다. 코에서 한숨이 새어 나왔다.

목욕 타월로 몸을 닦는다. 그래도 희미한 기대감이 있었다. 꿈에 거는 기대다.

아니나 다를까, 꿈에 또 그레이프프루트 괴물이 나타났다. 말없이 히로코를 덮치더니 거칠게 몸을 더듬었다. 난폭한 것이 아니라 서투른 것이다.

히로코는 일부러 저항해 보았다. 몸을 비틀어 괴물에게서 빠져나왔다. 후후후. 입가로만 웃어 주었다. 도망치려 하자 괴물이 히로코의 발목을 잡더니 쭉 잡아당겼다. 그런 동작에 쾌감이 밀려 올라왔다.

괴물의 등에서 갈래갈래 뻗어 나온 코드의 동그란 끝이 히로코의 몸을 구석구석 애무했다. 낮에 보았던 배선이라는 것을 알 수 있었다. 그리고 구멍이란 구멍에는 다 파고들려 했다. 마치 곤충처럼 무심하게.

히로코는 몸을 맡겼다. 서서히 흥분감이 고조되었다. 남편과의 섹스보다 한결 좋다. 신음이 비어져 나오려는 것을 겨우 참았다. 꿈속이니까, 실제로는 어떤지 잘 모르겠지만.

손가락 끝이 파르르 떨렸다. 자신이 지금 이불 속에서 몸을 뒤로 젖히고 있는 것일까. 꿈속에서 그런 생각을 했다. 괴물의 무게를 온몸으로 느끼면서 히로코는 새로 발견한 쾌락을 반겼다.

3

구리하라가 세 번째로 방문하는 날이다. 히로코는 평소보다 머리를 정성스레 손질하고, 화장을 했다. 매니큐어도 발랐다. 어깨와 가슴이 드러나는 옷을 입고 시간이 되기를 기다렸다. 막 밖에서 돌아온 것처럼 하지, 뭐. 그런 핑계를 생각했다. 왜 몸단장을 했는지, 자신도 이해할 수 없었다. 막연히 평소와 다른 것을 해 보고 싶었다.

구리하라는 현관에서 맞는 히로코를 보고는 깜짝 놀란 표정을 지었다. 아주 잠깐이었지만 히로코는 놓치지 않았다. 혹 무슨 오해를 하지는 않을까. 그런 걱정이 약간 들기는 했지만 젊은 남자의 반응에 만족했다.

"어서 와요."

오늘은 먼저 들어오라고 했다.

"다행이네요. 나갔다 막 들어왔는데."

"그런가요?"

구리하라는 별 관심 없는 투였다.

달라기 전에 보리차도 따라 왔다. 그리고 거실 소파에 마주 앉았다.

"새로 부탁할 일입니다. 1년에 두 번 이상 해외여행을 하는 미혼 여성 그룹입니다. 이번에도 정리가 안 되어 있어 미안하네요."

구리하라가 앙케트를 복사한 종이 뭉치를 내밀고 설명하기 시작했다. 히로코는 그 모습을 보고 있다. 핑크색 넥타이도 그렇고 매번 똑같은 차림이다. 혹시 회사에 다니는 게 처음일까. 내내 아르바이트를 하면서 서핑이나 했거나, 숍에서 임시 점원으로 일했거나. 히로코는 아무래도 상관없는 그런 상상을 했다.

몸도 관찰했다. 역시 탄탄하다. 마초는 아니지만 전체가 근육질이다.

"그런데 DVD는 잘 사용하고 있습니까?"

구리하라가 물었다.

"네, 남편이 신이 나서 녹화를 하고 있어요."

"사모님과 아이들도 사용해야 하는데. 그래야 앙케트에 제대로 답을 쓸 수 있어요."

"그렇겠죠. 알기는 아는데, 다루는 게 어려워서."

"사토 씨, 부탁합니다. 안 그러면 모니터를 하는 의미가 없잖습니까."

구리하라가 못마땅하다는 듯이 한숨을 쉬었다. 그 태도에 발끈 화가 났다.

"그럼 어디 가르쳐 줘 봐요."

"나도 잘 몰라요. 갖고 있지도 않고."

얼씨구, 이제 '나'로 나온다. 꿈만 아니면 회사에 클레임을 걸 대목이다.

"이런 일, 구리하라 씨의 실적과 관계있나요?"

"글쎄요. 잘 모르겠지만, 갓 들어왔는데 멍청하게 굴 수는 없으니까."

"전에는 무슨 일을 했는데요?"

"운송 관계 일요."

그렇구나, 짐을 오르내리느라 몸이 단련된 거로구나.

"그럼 까맣게 탄 이유는?"

"서핑이오. 10년 넘게 하고 있죠."

한 가지는 맞혔다. 역시 보이는 대로다.

"지금 사용해 볼 테니까, 도와줘요."

히로코는 설명서를 테이블에 펼쳐 놓고 리모컨을 집어 들었다.

"다른 데도 가 봐야 하는데……."

"그러지 말고, 10분만요."

텔레비전 앞에 앉아 DVD를 만지작거렸다. 구리하라가 바로 옆에서 설명서를 읽어 준다. 히로코는 일부러 몸을 구리하라 가까이 가져갔다. 천천히, 눈치 채지 못하게.

새콤한 향수 냄새를 맡는다. 오늘은 한 가지쯤 새로운 것이 필요했다. 꿈의 재료가 될 만한.

히로코는 용기를 내어 옆으로 휙 쓰러지는 척했다.

"아, 미안해요."

구리하라의 어깨에 손이 닿았다. 옷 위로 젊은 남자의 근육을 확인한다. 구리하라가 히로코를 보았다. 얼굴이 바로 앞에 있었다.

히로코 역시 화장품 냄새를 풍기고 있다. 오해하면 곤란하겠다 싶어서 얼른 거리를 두었다. 상상했던 대로 근육이 유연

했다.

 구리하라는 아무 일도 없었다는 듯이 다시 설명서를 읽기 시작했다. 불현듯 의문이 일었다. 스물아홉 살의 남자는 서른아홉 살의 여자를 어떤 눈으로 볼까. 과연 섹스 상대가 될 수 있을까.

 사람에 따라 다르다. 취향의 문제다. 하지만 보통은 열외이리라. 스물아홉이면 주로 이십 대 전반의 여자를 연애 대상으로 여긴다. 자신은 그렇게 젊은 여자들과 겨룰 수 없다.

 간신히 녹화에 성공했다.

 "잘하네요, 뭐. 이제 할 수 있을 겁니다."

 구리하라가 퉁명스럽게 말했다.

 돌아가는 구리하라를 현관에서 배웅했다. 다시 한번 냄새를 맡으려고 얼굴을 등에 들이밀었더니, 구리하라가 갑자기 돌아보며 화들짝 놀랐다.

 "무슨 냄새가 납니까?"

 "아, 아니, 향수 냄새가 좋아서."

 횡설수설이다. 보나마나 얼굴도 벌겋게 달아올랐으리라.

 "향수 뿌리는 남자, 좀 드물지 않나 하고."

 "그런가요? 다들 뿌리는데."

 구리하라는 미심쩍다는 표정을 하고 돌아갔다. 히로코는 거실로 돌아와 소파에 엎드렸다.

쿵쿵거리는 가슴을 진정시키기 위해 숨을 크게 들이쉬었다. 아, 하마터면 큰일 날 뻔했네. 이상한 아줌마라고 여겨질 뻔했어.

소면을 삶아 점심을 먹고 식탁 의자에 앉아 컴퓨터를 향했다. 교외에 있는 주택지라 들리는 소리라고는 간혹 가다가 어린아이들 노는 재잘거림과 안 쓰는 물건을 팔라는 안내 방송 정도다.

앙케트의 주소 부분을 타닥타닥 입력한다. 쿠키를 오물오물 먹고 보리차를 마시면서.

문득, 지금 입력하고 있는 자료가 해외여행을 즐기는 독신 여성 리스트라는 생각이 떠올랐다. 얼떨결에 연봉란을 보았는데, 모두들 상당했다. 삼십 대도 많았다. 참으로 편한 신세다. 결혼도 하지 않고 애도 키우지 않고 여행 삼매에 빠질 수 있다니.

히로코가 마지막으로 해외여행을 한 것은 벌써 10년 넘어 일이다. 신혼여행으로 하와이에 간 후로 한 번도 가지 않았고 앞으로도 갈 예정이 없다. 아이들이 독립하고 남편이 정년을 맞을 때에나 떠날 수 있을 것이다.

하던 일을 멈추고 창밖을 보았다. 여름 하늘이 한없이 눈부셨다.

다르게 살 수도 있었으려나. 히로코는 가끔 그런 생각을 한다. 삼십 대의 대부분을 집 안에서 지냈다. 인기 있다는 레스토랑 한 번 가지 않았다. 그러다 아줌마가 되고 말았다. 세상일은 전부 텔레비전을 통해 보고 듣는다.

다시 일로 돌아갔다. 주소와 이름을 입력한다. 긴 주소는 짜증이 난다. 한 통에 7엔이란 단가는 주소가 길다고 달라지지 않으니까.

그날, 술을 마시고 밤늦게야 들어온 다쓰야는 목욕을 하자마자 히로코의 이불로 파고들었다.

히로코는 몸을 획 돌리며 손을 내저었다. 자신이 그런 태도를 취했다는 것에 놀랐다.

"미안해. 오늘은 몸이 좀 피곤해서."

기어 들어가는 소리로 말했다. 다쓰야가 움직임을 멈췄다.

"그래, 그럼."

불만스럽다는 듯이 자신의 이불로 들어간다.

일주일에 한 번의 즐거움을 빼앗기고 싶지 않았다. 그 꿈은 히로코를 다른 곳으로 데려다 준다.

남편이 잠들기를 기다렸다가 잘 준비를 했다. 의식이 점점 멀어진다. 쾌락의 문이 바로 앞에 있다.

그레이프프루트 괴물은 이내 나타났다. 지난번과는 몸집이 조금 달랐다. 탄탄해 보였다. 어깨를 만져 보니 탄력도 좋아진 듯했다. 좋아 좋아. 마음속으로 흐뭇해한다. 게다가 자신도 변해 있었다. 조금 젊어졌다. 거울은 없지만 알 수 있었다. 낮에 몸단장을 한 탓일까.

그레이프프루트 괴물은 지난번처럼 말없이 덮쳤다. 이번에는 손에 막대기 같은 길쭉한 것을 쥐고 있었다. 리모컨이 변신한 것이다. 그것으로 뭘 할지, 가슴이 두근거렸다.

괴물은 진동하는 그것으로 히로코의 몸을 애무했다. 벌써부터 절정에 이르려 한다. 쾌감이 너무 성급하게 다가와 몸을 비틀며 괴물의 손아귀에서 기어 나왔다. 좀 더 시간을 벌고 싶었다. 괴물의 몸에 제압당하고 싶었다. 그러자 기대한 대로 괴물이 발목을 잡고는 갓난아기를 다루듯 손쉽게 끌어당겼다. 이 순간도 이제 마약처럼 되고 말았다. 압도적인 힘에 꿀리고 싶었다.

괴물이 히로코의 몸에 올라타 허리를 움직이기 시작했다. 지금까지는 애매했던 삽입 때의 감각도 확실하게 느껴졌다. 꿈의 질이 향상된 것이다.

쾌감이 절정을 향해 치달았다. 지난번보다 한층 커다란 물결이 몸을 훑고 지나갔다. 히로코는 다리를 벌려 괴물의 몸을 휘감았다. 두 손으로 목을 껴안고 정신없이 매달렸다. 동시에 이를 악물었다. 옆에서 남편이 자고 있다. 어떻게 아는지는 몰라도, 그렇다는 것을 알고 있었다.

터져 나오는 신음 소리를 꾹 눌러 참았다. 그리고 마침내 히로코는 최고의 엑스터시에 도달했다.

이런 경험은 처음이었다. 이런 것이야말로 백 퍼센트의 쾌감이리라.

4

날마다 꿈을 생각하게 되었다. 세 번째 느꼈던 쾌감은 아침이 되도록 남아 있었고, 지금도 몸 어딘가를 뒤적거리면 튀어나올 듯 선명하고 강렬하다.

따분하고 밋밋했던 일상이 완전히 바뀌었다. 그날이 또 온다. 그런 생각만 해도 기분이 날아갈 듯했다. 목욕을 하면서 반드시 마사지를 했다. 가벼운 미용 체조도 하게 되었다. 꿈속의 일이라서 아무런 죄책감이 없었다. 혼자만의 쾌락이었다.

새 옷을 입고 싶어 신주쿠로 나가 백화점을 둘러보았다. 구리하라를 맞기 위한 옷이다. 어떤 변화를 주면 그것이 꿈에 반영된다. 히로코는 새로운 스위치를 찾고 있었다.

검은 탱크톱에 시스루 블라우스 세트를 샀다. 치마는 미니를 입어 보았다가, 아무래도 좀 심하다 싶어서 옆트임이 있는

긴 치마로 샀다. 이걸 입고 몸을 구부리면 허벅지가 고스란히 드러날 것이다.

한낮의 백화점 손님은 대부분이 주부, 그것도 혼자 온 주부였다. 익숙한 광경인데 오늘은 왠지 느낌이 새로웠다. 모두들, 혼자서도 외롭지 않은 것일까.

식당가에 있는 레스토랑도 혼자 점심을 먹는 여자 손님이 자리를 거의 차지하고 있었다. 당연한 일이라는 듯이.

아이들이 학교에서 돌아오기 전까지, 잠시 동안의 자유 시간. 딱히 백화점에 오고 싶은 것은 아니지만 달리 갈 곳이 없으니까 발길이 절로 향하고 만다. 한동네에 같이 가자고 할 만한 사람도 없다. 혹시라도 서먹한 사이가 되고 싶지 않으니까, 결국은 거리를 두게 된다.

주부는 모두 혼자다.

나온 김에 남편의 와이셔츠나 한 장 사자 싶어서 신사복 매장을 둘러보았다. 문득 넥타이 코너에 눈길이 갔다. 늘 똑같은 넥타이를 매고 다니는 구리하라가 생각났다. 멋진 넥타이 하나 선물할까, 하고서 무심결에 고르고 있었다.

아니지, 아냐. 그랬다가는 오해 정도가 아니라 혼비백산할 게 뻔하다. 게다가 핑크색 넥타이를 하든 새끼줄을 동여매든 구리하라 자체는 별문제가 되지 않는다. 요는 꿈을 위한 새로운 자극이다. 혼자서 씩 웃고는 고개를 내저었다.

그런데도 20분이나 그곳에 있었다. 선물하는 거니까 그래도 이 정도는 되어야지, 하면서 하나를 골라 터무니없는 공상을 즐겼다.

구리하라는 그런 히로코의 속내를 모르는 채 평소대로 찾아왔다.
"죄송한데요, 화장실 좀 쓸 수 있을까요?"
서슴없는 태도로 쑥 들어온다. 쫄쫄거리고 떨어지는 불쾌한 오줌 소리가 또 울렸다. 그러려니 해야지. 히로코도 이제는 꽤 익숙해졌다.

오늘은 칼피스를 준비했다. 쟁반을 들고 거실로 들어갈 때, 치마의 옆트임을 의식했다. 가장 멋진 각도로 다리를 보여 주고 싶었다.

테이블 앞에서 몸을 굽히면서 시야 끝으로 구리하라의 안색을 살폈다.

구리하라가 순간적으로 히로코에게 시선을 날렸다. 계획한 대로 되어 기뻤다. 이건 어떤 형태로 꿈에 나타나 줄까.

정면에 있는 소파에 앉았다. 몸을 살짝 내밀면서 두 팔로 젖가슴을 밀어 올렸다.

"DVD 덱, 이제 별 불편 없이 사용하게 되었어요. 녹화하는 방법도 알았고."

평소보다 밝은 목소리로 말했다. 미소도 지어 보였다.

구리하라는 히로코의 태도가 여느 때와 다르다는 것을 알아차렸는지 잠시 긴장하는 눈치였다. 그러고는 힐금힐금 히로코의 몸을 훔쳐보았다. 조금은 거북한 모양이다. 그 반응에 히로코는 만족했다.

"이번에 맡길 일인데요, 연수입이 천만 엔 이상 되는 세대의 리스트입니다."

구리하라가 리스트를 꺼냈다.

"천만 엔이라고요? 좋겠다."

"나는 화가 나는데요. 아무리 재주를 피워도 난 그런 돈은 만질 수 없으니까."

심히 거슬린다는 식으로 말하는 게 재미있어, 히로코는 "후훗." 하고 웃었다.

"내게도 꿈같은 액수예요. 부수입이래야 푼돈 정도니까."

"이런 말 해도 되는지 모르겠지만, 재택분들 용케 일한다 싶어요. 한 통에 고작 7엔인 일을."

이번에는 전세가 역전, 히로코가 얼굴을 찡그린다.

"한 시간에 백 통을 입력한다고 쳐 봐야 시급이 7백 엔이잖아요. 꼴통 여고생이 햄버거 가게에서 아르바이트를 해도 그보다는 더 받으니까, 정말 딱하다 싶을 정도입니다."

히로코는 뱃속이 부글거렸다. 이 몰상식함은 대체 뭐란 말인가.

"그래도 주부가 집에서 할 수 있는 일은 한정되어 있으니까."

"세상이 그런 사람들의 약점을 이용한다니까요."

"물론 그렇기야 하겠지만……."

정신을 가다듬고 화제를 돌렸다. 한동네 사는 다른 주부도 상품 모니터를 하고 싶어 한다는 둥의 얘기를 꺼냈다.

"그래요? 그럼 회사에다 말해 놓겠습니다."

대답이 어째 심드렁하다.

"식기 세척기나 공기 청정기 같은 건 없어요?"

"글쎄요, 난 자료만 전달할 뿐이니까."

"그렇구나, 선택할 수 없구나."

"속셈이 뻔하다고요. 이 DVD 덱만 해도 그렇죠. 석 달을 썼는데 싹 가져가 버리고 나면, 왠지 허전해서 사게 될 거라는 계산이라고요."

"맞아요. 우리 남편도 사겠다고 야단이니까."

구리하라가 가방 지퍼를 열었다. 이제 돌아가나 싶어서, 한 가지 부탁을 했다.

"구리하라 씨, 나 부탁할 일이 있는데. 피클 뚜껑이 안 열려요. 힘 좀 빌릴 수 있을까?"

오늘 아침에 생각해 낸 구실이다. 실제로 그런 병이 있었다.

"바깥분에게 해 달라고 하시죠."

"손을 다쳐서."

이건 거짓말이다.

얼른 부엌에 가서 피클 병을 가져왔다.

"이거예요."

구리하라는 잠자코 받아 들더니, 소파에 앉은 채 뚜껑을 잡았다. 오른쪽 팔꿈치를 들어 올리고 힘을 준다. 히로코는 바로 옆에서 몸을 바짝 들이밀고 쳐다보았다. 귤 향기를 천천히 들이마시고, 어깨와 팔의 탄탄한 근육을 음미했다. 옷에 가려 있어도 꿈틀대는 근육을 느낄 수 있었다. 얼굴이 달아올랐다. 오늘 밤의 그레이프프루트 괴물은 또 어떤 공세를 퍼부을까.

그다음 순간, 뚜껑이 열리면서 안에 든 액체가 사방으로 튀었다.

"앗!"

구리하라가 소리를 지르면서 벌떡 일어섰다. 어깨가 히로코의 가슴에 부딪쳤다. 물컹, 젖가슴이 짓눌렸다. 액체는 구리하라의 바지를 타고 흘렀다.

"어머나, 이를 어째."

히로코는 급히 부엌에 가서 행주를 가져와 바지를 닦았다.

"괜찮습니다. 내가 할게요. 많이 젖지도 않았는데."

히로코는 상관하지 않았다. 옷감 위로 젊은 남자의 허벅지를 문질렀다. 하반신이 후끈해졌다. 우연이지만, 이건 큰 수확이다.

"얼룩이 안 남을까 모르겠네."

"별거 아닙니다."

구리하라는 히로코의 손을 밀쳐 내고는 가방을 들었다.

"그럼 가 보겠습니다."

현관에서 배웅했다.

"모니터 건, 일거리 있으면 알려 줘요. 동네 아줌마, 소개할 테니까."

"그런데……"

구리하라가 구두를 신으면서 돌아보았다.

"나, 오늘부로 회사 그만둡니다."

뒷머리를 긁적거리고는 그렇게 말했다.

"어머, 그래요? 왜? 들어간 지 얼마 되지도 않았는데."

히로코는 놀랐다. 아니, 이럴 수가. 이렇게 갑자기.

"그건 그렇지만, 성격에 맞지도 않는 일을 계속해 봐야 별 의미가 없고."

"그럼 안 되죠. 어느 정도는 참기도 해야지. 일이란 게 다 그래요."

만류했다. 동료도 아니면서.

"아니, 벌써 사표를 냈습니다. 이번 주로 끝입니다."

구리하라가 현관문을 열었다.

"다음 주부터는 다른 담당자가 올 테니까, 앞으로는 그 사람과……."

문이 닫혔다.

"아……."

뻗은 손이 허공을 휘저었다.

히로코는 잠시 그 자리에 멀거니 서 있었다. 열기가 싹 달아났다.

뭐야, 벌써 사라지는 거야. 기껏 찾아낸 낙이었는데.

어이가 없었다. 백화점을 다니며 옷까지 사고…….

헛물을 켠 기분이었다.

그날 밤, 히로코는 감기에 걸렸다고 거짓말을 하고서 손님방에 자신의 이부자리를 깔았다. 어차피 마지막, 남편 눈치 보지 않고 마음껏 꿈을 꾸고 싶었다.

다음에 올 담당자가 어떤 사람인지는 알 수 없지만, 보나 마나 중년 남자일 가능성이 높다. 젊은 남자가 주부를 상대로 부업이나 알선하는 일을 하고 싶어 할 리 없다.

자극을 찾아 제 발로 집을 나가는 일은 없을 것이다. 가정이 무엇보다 중요하고, 초등학교에 다니는 아이들도 있다. 자신은 언제나 집 안에, 정해진 영역 안에 있으면서 무언가 찾아오기를 기다린다.

불만은 없다. 그렇게 삼십 대를 보냈고, 앞으로도 마찬가지다. 삶의 보람을 찾는 일과도, 자신을 되찾는 일과도 평생 인연이 없을 것이다. 딱히 추구하지도 않는다. 그래도 행복하다.

눈을 감고 잠의 나락으로 떨어졌다. 그레이프프루트 괴물은 재빨리 나타나 주었다. 너무 기뻐서 두 팔을 활짝 벌리고 안겨들 뻔했다.

괴물은 히로코의 몸에 올라타 상반신을 짓누르며 허벅지를 집요하게 애무했다. 핥고 어루만지고. 옆트임이 있는 긴 치마를 입은 보람이 있었다. 혹은 행주로 구리하라의 허벅지를 닦은 덕분일까.

히로코는 저항하는 척하면서 괴물의 등을 두 팔로 안았다. 기대했던 대로 탄력 있는 몸이었다. 피부는 적당히 촉촉하고, 얼굴을 묻으니 달짝지근한 땀 냄새가 났다.

괴물이 히로코의 다리를 벌리려 했다. 히로코는 마치 약속이라도 한 것처럼 저항한다. 그런데 힘이 주어지지 않았다. 그레이프프루트 괴물은 미끈 밀고 들어오면서 온몸으로 히로코를 뒤덮었다.

이 묵직한 쾌감. 제압당하고 있는 느낌. 목을 꽉 껴안았다. 자신도 모르는 새 히로코도 허리를 움직이고 있었다.

신음 소리가 새어 나온다. 참을 수 없었다. 희미하게 새어 나오는 자신의 신음 소리에 흥분감이 더욱 고조되었다.

  그다음, 둥실 뜨는 감각이 밀려왔다. 그다음에는 청룡열차를 타고 떨어지는 것처럼, 거꾸로 처박혔다.

  하반신이 단숨에 뜨거워졌다. 그 뜨거움이 등줄기를 훑고 지나 정수리까지 도달했다.

  히로코는 사방을 에워싼 장밋빛 속에서 더없는 황홀감에 젖었다.

  화끈거리는 몸을 제 팔로 꼭 껴안고, 이불 속에서 언제까지고 웅크리고 있었다.

  끝났지만, 만족스러웠다. 기뻐서인지 슬퍼서인지 모를 눈물 한 줄기가 주르륵 볼을 타고 흘러내렸다.

"그래? 마누라가 일을 시작했어?
그래서 자네가 집안일과 육아를 맡게 되었단 말이지.
바늘방석이겠군."
어째 안되었다는 말투였다.
그게 아니고, 나는 아주 쾌적하게 하루하루를…….

여기가 청산

1

 14년 동안 근무한 회사가 망했다. 서른여섯 살의 유무라 유스케는 하필 지각한 날 조례 시간에 사장에게서 직접 그 소식을 들었다.
 월요일 아침, 건널목 차단기에 걸려 늘 타는 급행을 놓치고 말았다. 평소 같으면 차단기를 억지로 끌어 올리고 건너갔을 텐데, 그날따라 건널목 앞에 동네 파출소의 경찰이 서 있어 그럴 수 없었다. 고등학생, 여자 회사원들과 함께 지나가는 빨간 급행 전철을 멀거니 바라보았다. 이른바 하급 관리의 심술 겸 화풀이였다. 동네에서 '얼간이 폴리'라 불리는 성깔 더러운 경찰이었다. 단순하지만 툭툭 내뱉기 좋은 별명이다.
 아무튼 15분 정도 지각하고는 고개를 푹 숙이고 사무실에 들어섰는데, 오십 대 가발 머리 사장이 한 50명 되는 사원을 세워 놓고 훈시를 늘어놓고 있었다. 유스케는 제자리까지 가지 못하고 끄트머리에서 훈시가 끝나기를 기다렸다.
 서무를 보는 여사원과 눈이 마주쳤다. 유스케가 씩 웃자 그녀는 난감한 표정으로 어색하게 웃었다. 옆으로 시선을 돌리니 같이 마작을 하는 동료가 있었다. 어째 핏기가 싹 가신 얼굴로 앞에 서 있는 사장을 쳐다보고 있었다. 이쯤에서 분위기가 좀 이상하다는 것을 눈치 챘다.

"그야말로 살을 도려내는 심정이나, 우리 회사는 20년 역사의 막을 내리게 되었습니다."

뭐라고? 사장의 말에 유스케는 억장이 무너졌다.

"지난주부터 자금을 융통하기 위해 동분서주하였으나, 은행권에서는 매정하게도 대출을 거부했습니다."

마, 말도 안 돼. 유스케는 속으로 중얼거렸다. 갑작스러운 일이라서 실감이 나지 않았다.

조례가 끝나자 사장은 간부 사원들에 에워싸여 황망하게 사무실을 나갔다. 총무 이사만 혼자 남아, 나머지 월급의 지급 날짜와 의료 보험, 연금에 관련된 것들을 설명했다. 퇴직금은 지급되지 않는다고 한다. 노조가 없으니 별다른 협상 없이 강행될 것이다. 관리직만 남아 뒤처리를 한다는 결정이 내려지자 평사원은 그 자리에서 무용지물이 되었다.

유스케는 사무실 안을 휘둘러보았다. 벽에 붙어 있는 실적표. 색이 바랜 사물함. 입사한 지 벌써 14년이 지났나 싶어 조금은 감회에 젖었다. 그 무렵에는 사장도 그냥 대머리였다.

마라톤부가 그나마 유명한 사립대학을 졸업하고 취직한 회사였다. 컴퓨터 관련 회사라며 장래성을 홍보했지만 실제로 하는 일은 광고 영업이었다. 매일 발바닥이 닳도록 돌아다니며 영업을 했다. 그러다 금방 초지가 꺾였지만 일이라 생각하고 견뎌 냈다. 2년 정도 지나자 일에도 이력이 났다. 조그만 회사라 가족적인 분위기 하나는 좋았다.

서른여섯 살에 연봉 600만 엔이면 보통 수준일 것이다. 결혼한 지는 6년, 아내와 네 살 난 아들이 있다. 아파트를 살 때 대출한 융자금을 앞으로 30년은 더 갚아 나가야 한다. 그러니 실직은 남의 일이 아니다.

영업부 동료들과 책상을 둘러싸고 고개를 맞댔다.

"거참."

"이제 어쩌지?"

모두들 의외로 담담했다.

"나는 남아서 뒤처리를 할 테니까, 자네들은 그만 돌아가도 좋아."

부장이 굳은 표정으로 그렇게 말했다. 마흔다섯 살인 부장 야마시나는 내년에 대학 입시를 치르는 쌍둥이 딸이 있다. 얼핏 보니, 손가락을 파르르 떨고 있었다.

유스케는 일단 아내의 휴대 전화에 문자를 보냈다. 전화를 걸자니, 뭐라 말을 꺼내면 좋을지 몰라서였다.

'빅 서프라이즈, 금일 당사 도산!'

아내인 아쓰코에게서 금방 전화가 걸려 왔다.

"정말이야?"

"음, 조례 시간에 갑자기 그러잖아. 오늘부터 백수야."

일부러 밝게 말했다.

"흐음, 알았어. 저녁은 뭐 먹을래?"

"스키야키가 먹고 싶다느니, 그런 소리 하면 안 되겠지?"

"어때서. 싼 고기 사면 되는데."

상황이 그래서 그런지, 해도 그만 안 해도 그만인 대화를 나누었다. 아쓰코는 아들 쇼타가 설사를 하는데 혹시나 유치원에서 싸지는 않을지 걱정스럽다고 했다.

전화를 끊고 나자, 동료가 마작을 하러 가자고 했다. 딱히 거절할 이유가 없었다. 회사 근처에 있는 마작 센터는 저녁때나 문을 열기 때문에 가부키초까지 가서 바텐더와 중국 사람들 사이에 자리를 잡았다.

"사장의 대머리가 심해질 때부터 딱 알아봤다니까."

마지막이다 싶으니 다들 멋대로 지껄여 댔다.

오전인데 맥주까지 마셨다. 인심 좋게 대삼원(大三元. 마작에서 점수를 얻을 수 있는 패의 조합의 일종-옮긴이)을 내주었다. 나도 모르게 긴장이 풀리고 만 것이다.

저녁때가 되어 집에 들어와 보니 아쓰코는 미용 체조를 하고 있었다. 방바닥에서 몸을 비틀며 구슬땀을 흘렸다.

"왔어? 스키야키 재료는 다 사다 놨으니까 당신이 준비해. 그리고 쇼타도 먼저 목욕시키고."

"응, 알았어. 그런데 지금 뭐 하는 거야?"

"옛날에 입던 투피스를 꺼내서 입어 봤더니 안 들어가잖아. 그래서 스트레칭 좀 하는 거야."

"그래."

유스케는 장난감을 가지고 놀고 있는 쇼타를 안아 올려 볼을 비볐다.

"있지 나, 내일부터 일하기로 했어."

"뭐?"

무슨 홍두깨 같은 소리냐 싶어 놀랐다.

"어디서?"

"전에 다니던 직장에 전화를 해 봤어, 아테나 경제 연구소에. 그랬더니 사장님이 남편이 실직을 했으면 자네가 다시 복귀하라고 하잖아. 월급도 그런대로 주겠대."

"어, 그랬어?"

"할 말, 없어?"

"음…… 미안해."

"사과는 왜 하는데?"

"고생시켜서."

"축하한다고 할 줄 알았는데."

"아, 그렇군. 그렇게 생각할 수도 있겠군. 축하해."

"고마워. 이제 우리 식구, 길거리에 나앉지 않아도 되겠지?"

아쓰코가 덧니를 보이며 말했다. 거꾸로 자전거를 타는 자세라서 볼살이 흔들렸다.

유스케는 몸이 둥실 뜨는 가벼움을 느꼈다. 홀가분해진 후에야 중압감이 컸다는 것을 느꼈다. 나만 믿고 따르라고 호언하는 타입은 아니지만, 그래도 남들만큼의 책임감은 있다.

"와우."

소리를 질러 보았다.

"와우."

아쓰코도 웃으면서 그렇게 맞장구쳤다.

유스케는 양복을 벗고 넥타이를 풀어 던지고 앞치마를 둘렀다. 냉장고에서 고기와 채소를 꺼냈다. 그리고 손을 씻고는 파와 배추를 숭덩숭덩 잘랐다. 내일부터 새로 출발하는 일가를 축하하듯 채소가 싱그러웠다.

다음 날 아침에는 여섯 시에 일어났다. 아쓰코가 일하러 나가는 이상 집안일은 자신이 해야 한다고 생각했다. 그 점에 관해서 둘이 의논한 것은 아니지만 묵시적인 약속이라도 있었던 것처럼 유스케는 침대에서 살며시 빠져나왔다.

밥은 어젯밤에 시간을 맞춰 예약해 두었기 때문에 된장국을 끓이기로 했다.

그런데, 어떻게 끓이는 거지. 유스케는 싱크대 앞에서 생각에 잠겼다. 독신 시절에는 주로 외식을 했고, 결혼한 후에는 아쓰코가 식사 준비를 도맡았다. 부끄러운 일이지만 된장국 끓이는 법을 모른다.

재료를 늘어놓았다. 두부와 유부. 두 가지만 넣으면 좀 썰렁하겠지. 그래서 감자를 넣기로 했다.

"그다음은, 국물을 내야 할 텐데."

혼자서 중얼거렸다. 텔레비전에서 음식 프로그램을 많이 하는 탓에 그 정도는 알고 있었다. 하지만 아무리 찾아도 다시마와 가다랭이가 보이지 않았다. 음, 우리 집 된장국은 국물을 내지 않고 끓였던 거 아닐까…….

미안하게 생각하면서도 자고 있는 아내를 흔들어 깨워 물었다.

"다시노모토. 부엌 서랍."

간결한 대답이 돌아왔다. 아하, 그런 게 있구나.

냄비에 물을 끓여 재료를 넣었다. 다시노모토도 적당히 넣었다. 국이 끓는 동안에 말린 전갱이를 굽기로 했다. 평소에도 아침에는 늘 말린 전갱이구이나 열빙어구이가 식탁에 올랐었다.

구이 철망을 가스불에 올려놓고 달궜다. 말린 전갱이를 손에 들고 또 생각에 잠겼다. 뱃살 쪽과 등살 쪽, 어느 쪽부터 구워야 하지?

어느 쪽이면 어때. 크게 다르지 않을 것이다. 두 마리를 서로 반대로 구이 철망에 얹어 놓았다. 불은 중불로 했다. 잘 몰라서 시간을 두고 천천히 굽기로 한 것이다.

밥이 다 되어서 주걱으로 뒤집어 섞었다. 좋았어, 잘됐는데. 전기밥솥이라 실패할 일이 없다.

감자가 익어서 된장을 넣었다. 양은? 적당히 넣으면 되겠지. 국자로 떠서 조금씩 끓는 물에 풀었다. 그럴 때마다 맛을 보았다.

판단이 서지 않았다. 다만 평소에 먹던 맛과는 전혀 다르다는 것만 느낄 수 있었다. 그보다는 감자가 유독 많아 신경에 거슬렸다. 두 개를 넣었더니 너무 많았던 모양이다. 게다가 유부가 흐물흐물 국물에 떠다녔다. 어쩌지? 유부는 그리 오래 끓일 필요가 없는 것이다.

7시 조금 전에 아쓰코가 일어났다.

"기분이 어때?"

냄비를 들여다보며 묻는다.

"그냥 그렇지, 뭐."

태연한 표정으로 대답했더니, 잠시 숨을 멈췄다가 말없이 식탁에 앉아 신문을 펼쳤다.

"여보, 석 달 만에 주가가 1만 6천 엔대로 돌아갔대."

"그래?"

경제에 대해서는 아는 게 없어서 애매하게 얼버무렸다.

쇼타도 일어나서 나왔다. 아쓰코가 욕실로 데려가 나란히 서서 이를 닦았다. 어제까지는 자신이 그랬는데.

식탁에 아침을 늘어놓았다. 전혀 자신이 없었지만, 밥이 있으니까 여차하면 낫토와 날계란에 비벼 먹으면 되지 하고 배짱을 부렸다.

세 식구가 아침을 먹기 시작했다. 아쓰코가 된장국을 후루룩 한 모금 먹더니 미소를 띠고 말했다.

"음, 맛있는데."

그러고 나서 아들에게도 물었다.

"쇼타, 맛있지?"

"응, 맛있어."

쇼타가 호빵맨 후리카케를 뿌린 밥을 오물거리면서 대답했다.

유스케는 아내의 배려가 고마웠다. 처음 끓인 된장국은 조금도 맛있지 않았다. 다시노모토의 양도 그렇고 된장도 대충 넣은 게 잘못이다. 게다가 전갱이구이는 너무 구웠다 싶었다. 그런데도 껍질이 벌어지지 않은 것을 보면 요리란 참 미스터리하다.

먹으면서 점차 풀이 죽었다. 자신이 제공한 반찬이 맛없다는 것은 설 자리가 없다는 뜻이다. 세상 여자들은 자신이 만든 반찬에 내려지는 심판을 어떻게 견뎌 낼까.

아침을 먹자 아쓰코는 화장대 앞에 앉아 정성 들여 화장을 했다. 전 직장으로 돌아가려니 어설피 할 수는 없는 듯했다.

유스케는 유치원에 가는 쇼타의 준비를 거들었다. 어깨에 메는 가방에 손수건과 머그 컵을 넣어 주었다. 그러다 아뿔싸! 식은땀이 흘렀다. 아들의 도시락을 싸지 않았다. 무릎이 부들부들 떨렸다. 스스로도 놀랄 만큼 당황했다.

아내에게 어떻게 하면 좋으냐고 물었더니, "나중에 갖다 주면 되잖아." 하고 실로 냉철한 제안을 했다. 그렇구나. 괜히 당황했다.

아쓰코가 먼저 집을 나섰다.

"잘 다녀와!"

아들과 둘이 현관에서 배웅했다.

"엄마 어디 가는 거야?"

쇼타가 손가락을 입에 물고 물었다.

"회사."

유스케가 대답했다.

"아빠 대신?"

"응. 아빠 회사가 망했거든."

"망한 게 뭐야?"

"계속 여름 방학이라고."

"그렇구나."

쇼타가 이상하다는 듯이 아빠를 올려다보았다.

8시 반이 되어 아들의 손을 잡고 유치원으로 갔다. 한동네에 있어 5분도 걸리지 않는다. 가는 길에 빵 가게 아줌마가 말을 건넸다.

"어머, 쇼타. 오늘은 아빠하고 같이 가네."

"네, 우리 아빠 회사가 망했어요."

"어머나, 그러니."

눈을 찡그리며 고개를 끄덕이는 것을 보니, 제대로 듣지 못한 모양이다.

쇼타는 유치원에서도 선생님에게 같은 말을 했다.

"선생님, 우리 아빠 회사가 망했어요."

쇼타의 말에 주위에 있던 어른들의 안색이 싹 바뀌었다.

"어머, 그러니? 오호호호."

선생님은 볼을 씰룩이며 횡설수설했다.

유스케는 의외로 태연했다. 선생님에게 쇼타를 맡기면서 "죄송합니다. 오늘 도시락 싸는 걸 깜박했어요. 나중에 갖다 주겠습니다."라고 말하고 다른 엄마들에게도 거리낌 없이 인사를 건넸다.

우리 아빠 회사가 망했어요, 라. 돌아오는 길에 그 말을 떠올리며 혼자 웃었다. 아이들은 솔직해서 좋다. 상황을 설명하지 않아도 되니 오히려 홀가분했다. 내일부터는 가슴을 쫙 펴고 아들을 데려다 주고 데려올 수 있다.

집에 돌아와 우선 도시락을 쌌다. 조그만 도시락에 밥을 담고 덴부(삶은 생선살을 가루 낸 것-옮긴이)와 잔멸치를 뿌려 색깔을 냈다. 반찬은 계란말이와 냉장고에 있던 미니 햄버그. 파란색이 있었으면 해서, 어차피 안 먹을 거라고 생각하면서도 브로콜리 한 송이를 데쳤다.

성취감에 뿌듯했다. 호빵맨 손수건에 싸 들고 유치원에 갔다.

그 후에는 청소를 하고 빨래를 했다. 한번 시작하니 생각 외로 시간도 들고 힘도 들었다. 특히 욕실 청소는 힘든 노동이었다. 욕조를 스펀지로 쓱싹쓱싹 닦았더니 허리가 뻐근해졌다. 스프레이를 뿌린 후에 물로 씻어 내기만 해도 깨끗해진다는 액체 세제 광고는 순전히 거짓말이라고 생각했다. 그렇게만 하면 미끈거림이 남는다.

빨래는 너는 게 고역이었다. 팔이 저렸다. 목욕 타월은 건조대를 많이 차지해서 귀엽지 않았다. 시트는 거의 얄미울 정도이리라. 사물을 보는 시각이 조금씩 달라졌다.

텔레비전은 볼 마음이 없어 라디오를 켜 놓고 일했다. 팝송에 맞춰 콧노래를 흥얼거렸다. 그러고 보니 우리 회사가 망한

게 어제였지, 하고 문득문득 깨닫곤 했다. 그렇다면 내가 지금 실업 중이라는 얘긴데…….

아니지, 이렇게 열심히 일하고 있는데. 집안일도 명실상부한 노동이다. 씩씩거리며 속으로 자문자답했다.

혼자라서 방귀도 서슴없이 뀌었다. 아내도 어제까지는 여기서 방귀를 뀌었을 것이다. 그렇게 생각하자 웃음이 나왔다. 아쓰코, 요 녀석.

점심은 국수를 삶아 먹었다. 어느 정도면 될지 몰라 200그램을 삶았더니 양이 엄청났다. 헉헉거리며 입에 쓸어 넣었다.

아쓰코에게서 문자가 왔다. 환영회가 있어 늦는단다. 다행이다. 가족적인 회사인 듯하다.

그렇다면 저녁은 쇼타와 둘이 먹어야 한다. 반찬은 뭘로 하면 좋을까. 아들에게 먹고 싶은 것을 묻자니, 할 수 있는 레퍼토리가 궁하다.

카레를 만들까. 싸게 먹히고, 남으면 냉동실에 넣어도 되고. 그리고 무엇보다 간단하게 만들 수 있다. 반찬으로는 수프와 샐러드를 만들고……. 그렇지, 쇼타를 데리러 가기 전에 책방에 가서 요리책을 사 오자. 유스케는 자신도 모르게 손뼉을 쳤다. 앞날이 길다. 요리의 달인이 되고 싶은 마음도 있다.

왠지 가슴이 설레었다. 집에 있는 것도 그런대로 괜찮겠다 싶었다. 예전 같으면 거래처를 돌아다닐 시간대였다.

거실에 큰대 자로 드러누웠다.

2

사흘째가 되자 집에서 지내는 일상에 완전히 동화되었다. 아직 솜씨가 없어 생각대로 되지 않는 경우도 있었지만, 집안일에 정진하는 자신에게 거부감은 없었다. 고생스럽지도 않았다. 오히려 은근히 즐길 정도였다.

특히 쇼타의 도시락에 투지를 불태웠다. 아이들은 배려심이라고는 눈곱만큼도 없는 동물이라, 맛이 없으면 한입 먹고는 그대로 남긴다. 아니나 다를까, 첫날 고스란히 남겨 온 브로콜리에는 조그만 이빨 자국만 나 있었다. 그런데 다음 날, 같은 브로콜리에 마요네즈를 뿌려 주었더니 그 부분만 베어 먹었다. 만든 사람 입장에서는 '옳거니'였다. 그래서 오늘은 브로콜리 전체에 마요네즈를 얇게 바르고 오븐에 표면을 살짝 구워 주었다. 좋다고 할지 싫다고 할지, 아들을 데리러 갈 시간이 기다려진다.

또 한 가지 된장국이 맛없는 이유도 알았다. 거품을 떠내지 않은 탓이었다. 요리책을 읽고는 "어째 맛이 없다 했지." 하면서 얼굴을 찡그렸다. 그래서 오늘 아침에는 된장국을 끓이면서 거품을 떠냈다. 아쓰코의 얼굴을 살피니, '제법인걸' 하는 표정으로 먹고 있었다.

다림질에도 도전했다. 전에는 와이셔츠를 세탁소에 보냈는데, 그 250엔이 아깝게 느껴졌다. 독신 시절에 바지 다리미를 쓴 적은 있어도 다림질은 첫 경험이었다.

우선은 자신의 와이셔츠로 시험했다. 다리미판에 올려놓고 스팀다리미를 꾹 누르면서 쓱쓱 민다. 우글쭈글했던 천이 좍 펴지는 광경을 보고만 있어도 신이 났다.

하지만 소매와 깃이 난관이었다. 스티치 부분은 오히려 주글주글해지고, 날은 두 줄로 서고. 요컨대 평면이 아니면 숙련된 솜씨가 필요한 것이다.

할 수 없이 손수건과 베개 커버 따위를 다렸다. 아내의 블라우스도 있었지만, 도전하고 싶은 마음을 꾹 눌러 참았다.

다림질이 필요 없는 청바지까지 다리고 있는데, 전화벨이 울렸다. 받아 보니 상사였던 야마시나였다.

"부장님, 어쩐 일로?"

하던 버릇이 있어 말이 그렇게 나오고 말았다.

"유무라, 어떻게 지내? 잘 있나?"

"그럼요, 잘 있죠."

유스케는 사실대로 대답했다.

"새 직장은 구하고 있는 거야?"

"아니요. 안 구하는데요."

"잘했어. 초조한 마음에 시답잖은 회사에 들어갈 건 없으니까. 잠시 휴식을 취하는 것도 좋고."

어쩐 말투가 곰상곰상했다.

"부장님은 어떻게 지내세요?"

"나야 아직도 뒤처리하고 있지. 매일 거래처를 돌아다니고 있어. 자네도 신세 진 회사에 인사장 정도는 보내라고. 앞으로도 거래할 일이 있을지 모르니까 말이야."

"네, 그러죠."

그런데 무슨 일로 전화를 한 것일까.

"어제 인사차 나이스 상사에 갔다가 오노 전무와 이런저런 얘기를 나눴는데 말이야, 인터넷 사업을 새로 시작하려고 스태프를 구하고 있대. 그러면서 이렇게 온 것도 무슨 인연일 테니, 한번 고려해 보라고 하더군."

"아, 예……."

잠자코 들었다.

"쉽게 말해서 스카우트를 하겠다는 건데, 그렇다고 그 자리에서 꼬리 치며 반색할 수는 없잖아. 조건도 있고 말이야. 그래서 다시 만나 구체적인 얘기를 나누기로 하고 다음 주에 가기로 했어."

"그렇군요. 잘 되었습니다."

진심으로 말했다. 장밋빛 얘기는 좋다.

"그런데 유무라 자네는 관심 없나?"

"네?"

유스케는 대답할 말이 없었다.

"그쪽에서 원하는 것은 스태프 전원이야. 나 같은 노털이 혼자 가 봐야 무슨 쓸모가 있겠어. 젊은 힘이 필요한 거지."

"네에……."

그만 시큰둥하게 대꾸하고 말았다.

"뭐야. 실은 어디 갈 데 있는 거 아닌가?"

"아닙니다. 전혀 그렇지 않습니다."

"그럼 일단 검토는 해 봐."

"알겠습니다."

야마시나는 씩씩대며 "인간 도처에 청산은 있다고 했으니, 큰일을 한번 펼쳐야지."라고 말하고는 전화를 끊었다.

유스케는, 아니 부장님, 인간이 아니라 세상이죠, 그리고 큰일은 큰 뜻입니다, 라고 말하고 싶은 것을 참았다. 20년 넘게 계속되는 오류는 그냥 내버려 두는 편이 좋다.

다시 취직을 한다? 창밖을 바라보면서 혼자 중얼거렸다. 그러고 보니 지난 사흘 동안 한 번도 생각지 않았다. 머릿속에는 아들의 도시락과 오늘 저녁 식단과 다림질 잘하는 방법밖에 없었다.

흐음. 팔짱을 낀다.

하지만, 고민해 봐야 뾰족한 수는 없다. 아내가 일을 시작했으니까 누구든 집에 있어야 한다.

식탁보를 다렸다. 손쉬운 데다 널찍해서 다림질한 보람이 있었다. 라디오에서는 버트 바카락의 히트곡이 흘러나왔다.

오후에 유치원에서 데려온 쇼타가 거실에서 놀다가 불쑥 밖에 나가 놀겠다고 했다. 그때 유스케는 여성 잡지의 요리 페이지를 꼼꼼하게 읽고 있었다.

"공원에서 놀 거야. 아이코랑 놀 거야."

쇼타는 한 손에 미니 자동차를 든 채 우뚝 서 있었다. 오늘 도시락의 브로콜리에는 이빨 자국조차 나 있지 않았다.

그렇구나, 아이들은 밖에서 놀기도 하는구나. 당연한 일을 그제야 깨달았다. 어제나 그제나 유치원에서 데려오는 길에 슈퍼마켓에 들러 장을 보고는 그대로 집으로 돌아왔다. 아들에게도 예정이 있다는 생각은 꿈에도 하지 못했다.

"알았다. 가자."

곧 해가 질 시간이라서 폴라플리스 재킷을 입혔다. 나도 점퍼를 걸쳤다.

모래놀이 세트를 챙겨 들고 부자가 근처 공원으로 향했다.

"아이코."

놀이터에서 서로의 모습을 보자마자 둘은 달려가 포옹했다. 마치 연인 같았다. 혹 키스를 하지는 않을까 싶어 조마조마했다.

"쇼타, 집에서 놀았어?"

"응. 아빠 회사가 망해서."

"그 말은 유치원에서도 세 번이나 들었어."

유스케는 손바닥으로 얼굴을 가렸다.

놀이터에는 다른 아이들도 몇 명 있었다. 늘 해가 질 때까지 같이 노는 친구들인 듯했다. 엄마들은 바로 옆에 있는 등나무 아래 벤치에 모여 있었다. 유스케가 시선을 돌리자 모두들 고개를 숙였다.

아, 안녕하세요. 소리 나지 않게, 인사하는 흉내만 냈다.

그런데, 이걸 어쩌나. 남자 하나가 섞이자니 민폐를 끼치는 기분이다. 엄마들도 어떻게 반응하면 좋을지 모르는 분위기였다. 다들 긴장한 표정이다.

'회사가 망하는 바람에 실직한 쇼타네 아빠'의 신세는 이미 전해졌을 것이다. 엄마들이 '혹시라도 내 입에서 그런 말이 튀어나오면 안 되는데' 하고 공연한 신경을 쓸 것 같았다.

어째야 좋을지 몰라 부근을 어슬렁어슬렁 걸어 다녔다. 은행나무 아래 다른 벤치가 있어 거기에 앉기로 했다. 한쪽 끝에 지팡이를 쥔 노인이 앉아 있었다. 눈이 마주쳤기에 가볍게 고개를 숙였다.

"쉬는 날이오?"

노인이 말을 건넸다. 말 상대가 그리운 모양이다.

"아니요, 그런 게 아니라……. 회사가 넘어가서, 실업자입니다."

앞으로도 만날 일이 있을지 모르니, 유스케는 사실대로 말했다.

노인의 표정이 어두워졌다.

"저런, 막막하겠구려."

정말 딱하다는 투다.

"분통이 터지겠지. 나도 말이야, 마흔 살 때, 다니던 회사가 망했어. 식솔을 데리고 거리로 나앉을 판이었지. 나는 아무 잘못도 없는데, 경영진이 다들 무능하니. 우리가 리스크를 분산시키라고 몇 번이나 말했는데도 모회사에 쩍 들러붙어 있더니만. 그러다 줄줄이 넘어갔어."

노인은 입에 거품을 물고 열변을 토했다.

"내 잘 알지, 자네의 그 허망한 심정. 그렇다고 꺾이면 안 돼. 딸린 식구들이 있을 테니 말이야. 저기 저 사내아이가 자네 아들인가? 귀엽게 생겼군. 저 아이를 위해서라도 자네, 힘을 내야 해."

"아, 예."

"낙담하지 말라고. 고진감래라고, 시련을 견뎌 내면 좋은 일도 있는 법이니까. 인간 도처에 청산은 있으니……."

유스케는 무심결에 고개를 들었다.

"큰 뜻을 펼쳐야지."

큰 뜻은 맞는데, 인간이 아니라 그게……. 아무렴 어떠랴. 그건 그렇고 같은 말을 하루에 두 번이나 듣다니.

그 후, 본의 아니게 30분이나 노인의 훈화를 들었다. 사내는 고난을 극복해야 성장할 수 있다고, 노인은 빳빳한 종이에 써서 들이밀기라도 할 기세로 열을 올렸다. 유스케는 옳은 말씀이라고 맞장구만 쳤는데도 지치고 말았다.

오후 5시 종이 울리자 스피커에서 〈석별의 정〉이 흘러나왔다.

"내일 또 놀자."

아이들이 엄마의 손을 잡고 흩어졌다. 흐뭇한 풍경이로군, 하고 생각했다. 전 같으면 회사에서 근무 일지를 쓰거나 아직 영업을 뛰고 있을 시간이다.

저녁 반찬으로 새우를 튀겼다. 튀김 요리에 도전해 보고 싶어서였다. 아쓰코에게서도 일찍 들어온다는 문자가 왔다.

블랙 타이거의 껍데기를 벗겨 내고 돌돌 말리지 않게 칼집을 냈다. 단호박을 얇게 썰고 은행을 굽고 브로콜리를 데쳤다. 채소도 손질해 두었다. 타르타르소스에 삶은 계란을 으깨어 넣고 마요네즈도 섞었다. 그래야 쇼타가 좋아할 것 같아서였다.

콘소메 수프는 레토르트 식품을 사용했다. 소금과 후추만 가지고 맛을 내기에 지금의 내 실력으로는 무리라고 판단했기 때문이다.

저녁 준비를 하는 동안, 쇼타에게는 호빵맨 비디오를 틀어 주었다. 쇼타는 거실에서 말 한마디 없이 화면을 뚫어져라 보고 있다. 너무 조용한 것이 불안해서 1분 간격으로 뒤돌아 아들이 있는지 확인했다.

부엌이 얼굴을 마주 볼 수 있는 구조였으면 좋겠다. 고개만 들어도 아들의 모습이 보인다면 안심하고 반찬을 만들 수 있을 것이다. 리모델링을 하려면 얼마나 들까. 하는 김에 가스레인지도 전자식으로 교체하고 싶다. 청소하기도 편하고 가스가 샐 염려도 없다.

당장 인터넷으로 조사해 봐야지. 그다음에 아쓰코와 의논하는 거다.

아쓰코는 7시에 들어왔다. 역에서 전화를 걸어 주어, 집에 도착하기 전에 새우를 튀길 수 있었다. 나도 회사에 다닐 때 아내에게 그래 주었으면 좋았을걸, 하고 생각하니 눈시울이 시큰해졌다.

"오호, 새우튀김이야? 성찬인걸."

아내가 마치 퇴근하고 돌아온 가장처럼 벙글거렸다.

셋이서 식탁에 둘러앉았다. 유스케는 조금 긴장한 채 새우튀김을 한입 물었다. 성공이다. 바삭하게 튀겨졌다. 귀찮다 여기지 않고 기름의 온도를 잰 덕분이다.

"맛있다. 당신, 대단하네."

아쓰코가 놀란 표정으로 칭찬해 주었다. 빈말이 아니라는 느낌이 전해졌다.

삶은 계란과 마요네즈로 품 한 번 더 들인 타르타르소스도 호평이었다.

"와, 맛있네."

"맛있어."

아내와 아들의 한 마디 한 마디에 기분이 푸근해졌다. 유스케는 벌써 내일 저녁 메뉴를 생각하고 있었다. 내일은 중국 요리를 한번 해 볼까. 사각사각 씹는 맛이 좋은 숙주볶음을 만들어 보고 싶다.

"쇼타, 브로콜리도 남기지 말고 다 먹어."

아쓰코가 아들에게 말했다.

"싫어."

쇼타는 얼굴을 찡그리고 거부했다. 그래도 두 입 정도는 먹은 모양이니, 절대적인 거부는 아니다.

저녁을 먹은 후, 아쓰코가 쇼타를 목욕시키는 동안 유스케는 식탁을 치우고 설거지를 했다.

자연스럽게 역할이 나뉘었다. 아쓰코는 "내가 할게."란 말도 "도와줄까?"란 말도 하지 않았다. 유스케는 방관하는 그 태도가 오히려 고마웠다. 남자가 집안일을 한다고 괜히 눈치 보고 신경 쓸 것 없다. 그러면 동정하는 것 같아 거꾸로 부담감만 느껴진다.

밤, 침대 안에서 아쓰코가 묘한 질문을 했다.

"그런데 당신 말이야, 우리 회사에 대해서 아무 것도 안 묻더라."

"음, 듣고 보니 그렇군. 전혀 안 물었어."

유스케는 그렇게 대답하고 하품을 쩍 했다.

"상관은 없지만, 마누라가 밖에 나가서 일하면 집에 있는 남편은 이래저래 궁금한 게 많지 않을까 싶어서……"

"그야 궁금하기는 하지. 하지만 막 집에 들어온 사람에게, 어떻게 지냈어? 하고 물어봐야 대답할 말이 별로 없잖아."

"응, 맞아 맞아."

"하고 싶은 말이 있으면 자기가 먼저 할 테고."

"그렇지."

아쓰코가 천장을 보면서 아함, 하고 하품을 했다.

"여보…… 나, 예전에 당신 들어오면 시시콜콜 물었잖아.

귀찮았을 텐데, 그래도 잘 참고 상대해 주었네."

"귀찮기는."

잠이 들락 말락 한 상태에서 대답했다.

아내가 킁, 하고 코를 실룩거렸다. 그러고는 불쑥.

"우리, 할까?"

유스케는 대답하지 않고 반대쪽으로 몸을 돌렸다.

"아니 여보쇼, 부부의 잠자리는 인륜지대사라고."

아쓰코가 남자 목소리로 묵직하게 말하고는 유스케의 품으로 파고들었다.

몸을 더듬는 통에 잠이 싹 달아났다. 수면의 천사가 어깨를 축 늘어뜨리고 떠나갔다. 유스케는 할 수 없이 아내의 요구에 응하기로 했다.

내키지 않는 마음으로 시작한 섹스였는데, 도중에 무지 좋아졌다. 적극적으로 애무하는 아쓰코가 오늘따라 섹시해서 흥분하고 만 것이다. 그러다 퍼뜩 아쓰코가 내 몸에 올라타 있다는 것을 알았다. 깔려 짓눌리는 느낌이었는데도 유스케는 자신도 모르게, 하위가 더 나을지도 모르지, 하고 생각했다.

3

 다음 날 아침에는 30분 일찍 일어나 다시로 맛을 낸 계란말이를 만들었다. 우리 집 식탁에는 한 번도 오른 적 없는 메뉴였다. 요리책을 보다가 문득 도전해 보고 싶어졌다.

 다시는 어제저녁에 미리 우려내 두었다. 다시마와 가다랑어포로 정성 들여 우려낸 첫 번째 국물이다. 거기에 설탕, 소금, 간장을 조금씩 넣고 계란을 깨뜨려 휘젓는다. 계란이 다 풀리자 프라이팬을 중불에 올려놓고 기름을 두른 후, 계란물을 국자로 떠서 프라이팬에 살며시 흘렸다.

 치지직 소리가 나면서 익기 시작했다. 표면이 절반쯤 익었을 때 젓가락을 이용해 뒤쪽에서 앞쪽으로 돌돌 말았다. 그리고 반대쪽으로 밀어 놓고 빈자리에 다시 기름을 두르고 계란물을 추가했다.

 느낌이 좋았다. 내 솜씨지만 부드럽게 익은 정도가 절묘했다. 우히히히. 절로 웃음이 나왔다.

 아들의 도시락용으로는 다른 버전을 시도했다. 소금을 살짝 뿌려 데친 브로콜리를 가운데 끼워 '브로콜리말이'를 만든 것이다. 집요한 아빠라고 생각하겠군.

 다시 계란말이는 호평이었다.

 "으음."

아쓰코는 감격의 신음 소리를 냈다. 쇼타가 케첩을 달라고 했지만 안 된다고 거절하고서 간 무와 함께 먹였다.

"맛있지?"

"응, 맛있어."

아빠의 주장을 인정하는 눈치다.

"도시락에도 쌌으니까."

"아싸."

천진난만하게 기뻐한다. 훗, 아무것도 모르면서.

아내를 보내고 아들을 유치원에 데려다 주고 왔다. 이제 청소나 해 볼까, 하는데 전화가 왔다. 역 앞에 있는 파출소였다. 용건을 들어 보니, 아쓰코가 경찰과 티격태격하고 있는 모양이었다.

"댁의 부인이 말씀이죠, 건널목 차단기 밑을 지나 신호까지 무시하고 건너갔다는 말입니다. 그래 놓고도 주의를 주는 경찰에게 대들었다는 거 아닙니까."

보나 마나 '얼간이 폴리'다. 아내가 심술통이 하급 관리와 충돌한 것이다.

"서까지 연행할 생각은 없으니까, 남편께서 신병을 인수하러 오시죠."

딱히 긴박한 말투는 아니었다. 그저 잠시 입씨름을 했던 것이리라. 아내는 대가 센 구석이 있다.

자전거를 타고 역 앞 파출소로 달려갔더니 아쓰코는 의자에 앉아 손목시계를 보면서 발을 동동 구르고 있고, 얼간이 폴리는 뚱한 표정으로 그 옆에 떡 버티고 있었다. 그리고 또 한 사람, 착실하게 생긴 젊은 경찰이 두 사람을 어르고 달래는 분위기였다.

"아, 왔네. 여보, 미안해. 여기까지 오게 해서. 할 얘기는 끝났으니까, 뒷일을 부탁할게."

아쓰코가 가방을 껴안고 일어나려 했다.

"이봐, 무슨 얘기가 끝났다는 거야. 헛소리하지 말라고."

얼간이 폴리가 흥분해서 떠들어 댔다.

"어엿한 시민에게 이봐라니, 지금이 어느 땐데! 당신이 특검이라도 되는 줄 알아?"

아쓰코는 가슴을 쫙 펴고 의연하게 되받아쳤다.

"말이지, 권력을 내세워 시민에게 심술을 부리는 그 못된 성품, 영 마음에 안 들어. 당신, 집이나 직장에서 인간 취급도 못 받는 거 아냐?"

"뭐, 뭐……."

얼간이 폴리는 분노에 부르르 떨면서 입만 뻐끔거렸다.

젊은 경찰이 유스케를 한구석으로 데리고 가 작은 소리로 속삭였다.

"부인이 건널목에서 신호를 무시했습니다. 평소에는 그냥 주의만 주고 끝내는데, 댁의 부인이 우리 주임님에게 당신이 그 잘난 척하는 얼간이 폴리냐고 하는 바람에……."

"아, 이거 죄송합니다."

"그러니까 그게, 기분은 이해를 하는데 말이죠……."

여기서부터 목소리가 한결 작아졌다.

"우리 주임님은 주의만 주는 게 아니라 붙잡아 놓고 장황하게 설교를 늘어놓으니까, 건널목 지나가 봐야 결국 전철을 탈 수 없거든요."

"아, 예."

"그래서 시민들이 꺼려들 하는 터라……. 오늘도 얼간이 폴리라는 부인의 발언에 박수와 환호를 보내는 회사원과 학생들이 있었습니다. 그 바람에 우리 주임님이 더 약이 올라서……."

젊은 경찰은 얼굴을 찡그리고 콧소리만 나게 픽 웃었다.

"그러니까 이렇게 하면 어떻겠습니까? 남편께서 우리 주임님에게 고개 한 번 숙이면요. 그럼 끝날 것 같은데……."

"알겠습니다."

유스케는 그러기로 했다. 고개만 숙이는 정도로 일이 수습된다면 문제없다.

얼간이 폴리에게 다가가, 고개를 숙였다.

"이거 죄송하게 되었습니다. 에헤헤헤."

일부러 비굴하게 웃었다.

"앞으로 건널목 신호를 철저하게 지키도록 단단히 이르지요. 헤헤헤."

허리를 굽히고 또 고개를 숙인다.

"아니, 당신이 왜 사과하는데?"

아쓰코가 대뜸 나섰다.

"당신은 가 봐. 지각하겠어."

"벌써 지각이야. 그보다 난, 이런 유의 프티 권력자는 말이지……."

"됐어 됐어, 그만 하라고."

팔을 잡고 일으켜 세워 파출소 밖으로 데리고 나갔다. 사태를 수습하려 애쓰는 남편의 자세에 얼간이 폴리도 조금은 체면이 섰다 싶은지 코를 벌렁거리며 말했다.

"앞으로는 주의하라고."

그 옆에서 젊은 경찰이 끼어들었다.

"신분증을 좀 보여 주시죠."

유스케는 지갑에서 운전면허증을 꺼냈다.

젊은 경찰은 서류에 이름과 주소를 옮겨 적었다.

"직업이……?"

"네, 무직입니다."

"무직?"

얼간이 폴리가 뒤에서 물었다.

"실업자란 말인가?"

"아, 네. 회사가 망하는 바람에……."

유스케는 머리를 긁적거렸다.

"흐음, 그래서 마누라가 신경이 곤두선 게로군."

얼간이 폴리가 얼굴을 일그러뜨리고 낄낄 웃었다.

유스케는 입을 쭉 내밀었다. '얼간이'란 소리를 듣는 게 그렇게 분한 일일까.

역에서 아쓰코를 보냈다. "얼간이 폴리."라고 몇 번을 중얼거리는 아내의 표정이 어딘가 모르게 후련해 보였다. 그리고 자전거를 타고 집으로 돌아가려는데, 아까 그 젊은 경찰이 뒤쫓아 왔다.

"선생님, 선생님. 죄송합니다."

이번에는 그쪽에서 고개를 숙였다.

"아까는 우리 주임님이 무례한 말을 해서, 정말 죄송합니다. 실직한 분의 심정도 헤아리지 못하고……."

젊은 경찰이 이쪽이 민망하도록 사과했다.

"공무원들은 불황이라는 것을 잘 실감하지 못하는 터라, 시민들의 고충을 마치 남의 일처럼 생각하는 경향이……."

유스케는 잠자코 들었다.

"주임님의 무심한 발언은, 아무쪼록 잊어 주십시오."

젊은 경찰은 사죄의 표본 같은, 정말 미안하다는 표정으로 말했다. 꽤 괜찮은 사람인 듯하다.

"주제넘은 말이지만, 회사는 넘어갔어도 낙담하지 마십시오. 그리고 하루빨리 새로운 일자리를 구할 수 있기를 기원하겠습니다."

모자를 벗고 공손히 고개 숙이는 젊은 경찰.

어어어라, 그런 얘기였어? 당황한 유스케도 덩달아 고개를 숙였다.

이럴 때는 어떤 감상을 품어야 좋을지 알 수 없었다.

집에 돌아와 청소를 했다. 슈퍼마켓에서 사 온 곰팡이 제거제로 욕실의 곰팡이를 소탕하기로 했다.

고무장갑과 물안경을 끼고, 창문을 열고 환풍기를 돌려 공기의 흐름을 원활하게 했다. 약제가 강력해서 아이가 없을 때가 아니면 할 수 없다.

곰팡이가 낀 곳에 치직 뿌렸더니, 당장에 머리가 어질어질해졌다. 급히 베란다로 피난해서 몇 분 기다렸다가 물로 씻어 내기로 했다. 라디오에서는 카펜터스의 히트곡이 흘러나왔다. 아는 노래라서 따라 흥얼거렸다.

그때 휴대 전화가 울렸다. 받아 보니 하라다였다. 회사가 망한 날 함께 마작을 한 동료다.

"가까운 역에 와 있는데, 좀 나오지?"

침울한 목소리였다.

"역이라고? 방금 전에 다녀왔는데."

"그래? 바쁜 거야?"

"지금 욕실 청소를 하고 있거든."

"나중에 하라고. 만나고 싶어서 일부러 찾아왔는데."

약속도 없이 와 놓고서 그런 말이 잘도 나온다. 하지만 옛 동료가 헛걸음을 하도록 할 수는 없어서 나가기로 했다. 재빨리 세제 거품을 씻어 내고 집을 나섰다.

하라다는 역 앞 찻집에서 기다리고 있었다. 양복에 넥타이 차림이었다.

"새 일자리라도 구한 거야?"

유스케가 묻자 하라다는 암울한 얼굴로 숨을 후 내쉬었다.

"그랬으면 좋게."

입을 비죽거리며 대답한다.

"이제 집 안에서도 있을 자리가 없어. 우린 애가 둘 다 초등학생이라서, 아빠가 실업자라는 걸 안다고. 학교에서 돌아와서도 내가 집에 있으면 단박에 풀이 폭 죽어. 눈치도 살피고. 그러고는 재빨리 자기들 방으로 사라진다고. 난들 그러고 있고 싶겠어? 미치겠다니까. 동네 체면도 있고. 그래서 아침 일찍부터 양복 입고, 볼일이라도 있는 척하면서 나오는 거야."

"그래서 어딜 가는데?"

"영화도 보고, 도서관에도 가고. 얘기할 상대가 필요하면 옛날 동료들도 찾아가고."

하라다는 자조적으로 픽 웃고는 빨대로 아이스커피를 쭉 빨아 먹었다.

"부인은 뭐라는데?"

"우리 마누라, 진짜 착한 사람이거든. 명랑하게 구느라 얼마나 애쓰는지 몰라. 괜찮다, 어떻게든 될 거다, 이러면서 말이야."

"그래, 그럼 다행이군."

"다행은 뭐가. 난 그래서 오히려 괴로운데. 한 가정의 가장이 대체 뭘 하고 있는 거난 말이야."

하라다는 정말 괴로워 못 견디겠다는 듯이 목덜미를 벅벅 긁으며 호소했다. 하라다가 유스케의 근황을 궁금해해서 숨김없이 털어놓았다.

"그래? 마누라가 일을 시작했어? 그래서 자네가 집안일과 육아를 맡게 되었단 말이지. 바늘방석이겠군."

어째 안되었다는 말투였다. 그게 아니고, 나는 아주 쾌적하게 하루하루를······.

"남자 체면이 영 말이 아니라니까. 일이 없다는 게, 회사가 넘어갔다는 게 이렇게 비참한 일인 줄은 미처 몰랐어."

반론할까 하다가, 설명하기 귀찮아서 그만두었다.

"그런데 그 가발 머리 사장 말이야, 자기 재산은 꽉 쥐고 있었던 모양이야. 총무 이사가 그러더라고, 회사 명의였던 별장을 한 달 전에 사모님 앞으로 명의 이전했다고."

"그래?"

"나, 한번 들춰내 볼까 하는데. 유무라, 도와주겠어?"

"내가?"

"왜? 할 일도 없을 텐데."

"하지만 난 아들도 유치원에 데려다 줘야 하고, 도시락도……"

"알겠어. 나도 그냥 해 본 소리야. 망한 회사가 다시 살아날 리도 없고."

하라다는 얼음을 입에 넣고 아드득아드득 깨물었다.

"아 참."

어제 야마시나 부장에게서 걸려 온 전화가 문득 생각났다.

"한데 말이야, 우리 부장님, 나이스 상사에 스카우트되었나 보던데."

"정말? 난 몰랐는데. 처음 듣는 소리야."

"인터넷 사업을 새로 시작하는데, 스태프 전원이 필요하다나 뭐라나……"

들은 대로 알려 주었다. 숨길 일이 아니라고 생각했기 때문이다.

"그랬어? 그런 일이 있었군."

하라다가 갑자기 몸을 앞으로 쑥 내밀었다. 그로서는 쥐구멍에 든 볕 같은 한 줄기 빛이었으리라. 구미가 당기면 옛 상사를 제 발로 찾아가 잘 보이면 될 일이다. 유스케는 느긋한 기분이었다.

하라다는 그러고 나서 전 사장의 험담을 줄줄이 늘어놓고, 서무 보는 레이코가 전무의 애인이었다는 충격적인 사실을 까발리는 등, 한 시간쯤 주절거렸다.

"미안하다. 낮에 혼자 있기가 불안해서 말이야."

마지막에는 허탈한 눈빛으로 그렇게 말하고는 씩 웃었다.

"유무라, 우리 힘내자고."

"그래, 그래야지."

얼떨결에 굳은 악수를 나누었다. 커피 값은 하라다가 냈다.

오후에 쇼타를 데리고 공원에 갔다. 브로콜리말이는 브로콜리만 고스란히 남아 있었다.

어제의 그 노인이 또 벤치에 앉아 있었다. 눈길이 마주치자 웃으면서 손짓했다. 할 수 없이 그쪽으로 걸어갔다.

"오늘도 오지 싶어서, 내 이런 걸 준비했어."

노인이 종이봉투에서 책 한 권을 꺼내 유스케에게 건넸다. 〈역경을 이겨 내기 위한 50가지 명언〉이라는 책이었다. 역경이라. 표정을 관리하기가 곤란했다.

"난 벌써 몇 번이나 읽었어. 그러니 내 자네에게 줌세. 한창 일하던 시절에, 힘들고 괴롭다 싶으면 이 책을 읽고 용기를 얻었지."

"아, 네. 그러셨어요?"

"예를 들면, 여길 보라고."

노인은 옆에서 페이지를 넘겼다.

"당대에 스에키치 그룹을 일궈 낸 오우치 회장의 명언이야. '힘겨울 때야말로 씨를 뿌릴 때이다.' 이건 말이지, 사람들이 힘겨울 때는 앞에 있는 이익에 눈이 머니까, 그런 때야말로 멀리 보라는 뜻의 교훈인데……."

"네."

"정말 훌륭한 말 아닌가? 자네도 말이야, 일자리를 잃어 타격이 크겠지만, 지금이야말로 앞을 똑바로 보고 움직일 때가 아닌가 말이야. 무슨 자격증을 딴다든지, 공부를 다시 시작한다든지. 초조한 마음에 허접스러운 회사에 들어갈 일은 없다고."

"……네. 옳으신 말씀입니다."

"아무튼, 천천히 읽어 보라고."

"고맙습니다."

어이쿠, 내일부터 이 공원에 오기가 겁날 것 같다.

꽁무니를 내빼듯 노인 곁을 떠났다. 노느라 정신이 없는 쇼타를 쳐다보면서 이번에는 등나무 아래로 갔다. 엄마들에게 목례를 하고서 벤치 한쪽에 앉으려고 하는데, 아이코의 엄마가 물었다.

"유무라 씨, 쇼타 엄마 어디 다녀요?"

"네. 전에 다니던 회사에 복직을 해서요."

"아, 좋겠다. 나도 다시 회사로 돌아갔으면."

"그러게 말이야. 투피스 입고 외출도 하고."

"퇴근하고 나서 한잔하기도 하고."

엄마들이 저마다 한마디씩 했다.

유스케는 어정쩡하게 웃으면서 듣고 있었다. '당분간 주부(主夫)로 지낼 거니까, 잘 부탁합니다.' 그런 말이라도 해야 하는 건가. 주춤거리고 있는데 아이코가 뛰어왔다.

"엄마, 우리 아빠 회사는 언제 망해?"

그 자리에 있던 모두가 얼어붙었다. 아이코 엄마는 얼굴을 파르르 떨었다.

"얘는, 그런 소리 하는 거 아니야."

눈을 치켜뜨고 아이를 나무란다.

"왜? 나도 아빠랑 놀고 싶단 말이야."

"아빠 쉬는 날에 같이 놀잖아."

따끔한 말투에 아이코는 사이렌처럼 엥엥 울음을 터뜨렸다.

유스케는 버티고 있기가 왠지 미안해서, 슬그머니 자리를 떴다. 하지만 갈 곳이 없다. 정글짐이 비어 있기에 기어올랐다. 꼭대기에 걸터앉아 공원을 내려다보았다. 삼십 대 남자는 유스케 혼자였다. 하늘에서 까마귀가 까악까악 한가롭게 울어 댔다.

4

유스케의 요리 솜씨가 날로 발전했다. 정어리 꼬치구이 같은 것도 손쉽게 뚝딱 만든다. 우엉조림도 거뜬하게 만들었다. 쇼타의 도시락에 담아 주었더니, 한 오라기 안 남기고 깨끗이 먹어 치웠다. 아뿔싸, 우리 아들의 입맛이 고전적이었단 말이지. 그럼 브로콜리를 간장에 조려 볼까, 하고 심각하게 생각했다.

아쓰코는 회사원 생활을 만끽하고 있는 듯 보였다. 주말에 접대 골프를 치러 가도 되겠느냐고 묻기에, 물론이라고 대답했다. 골프채 한번 쥐어 본 적 없는 주제에, 배짱만 두둑하다.

예의 얼간이 폴리 건만 해도 "그 얼간이 폴리, 언젠가는 건널목에 서 있지 못하게 해 줄 거야." 하면서 회심의 미소를 지었다.

아쓰코는 근본적으로 외향적인 성격이다. 물론 결혼 전부터 알고 있었지만. 그래도 문득 의문스러워, 유스케는 쇼타를 재운 후에 물어보았다.

"당신, 쇼타 가졌을 때 회사 그만뒀잖아. 혹시 계속 다니고 싶었던 거 아니야?"

"당연하지. 가능하면 그러고 싶었지."

아쓰코는 주저 없이 대답했다.

"그런데 왜 말하지 않았어?"

"시댁 체면 세워 주려고 그랬지, 뭐. 어머님이 새아기야, 회사 그만둘 거지? 하는데 어쩌겠어. 그리고 그때 어머님 말투가 자연스러우면서도 얼마나 단호하던지. 그래서 네, 하고 바로 대답했지."

"그거 정말이야? 그런 일이 있었어?"

어머니도 참, 좀 봐주시지. 유스케는 속으로 투덜거렸다.

"그래도 매일 쇼타랑 지낼 수 있어서 좋았어. 지금은 현명한 선택이었다고 생각하고."

아쓰코가 속뜻 없는 눈빛으로 말해서, 유스케는 감동했다.

"그럼 이번에는 내가 묻는다. 당신, 회사 다니는 거 싫지 않왔어?"

"왜? 딱히 싫은 건 아니었는데."

"그런데, 지금이 더 행복해 보여."

"그야 그렇지만. 그건 실직을 한 후에 알게 된 거야. 집에 있는 편이 성격에 맞는지도 모르겠다고 말이야."

"매일 아침 역에 가는 길에 빵 가게 아줌마를 만나거든. 그 시간에 늘 가게 앞을 청소하니까. 그래서 웃는 얼굴로 인사를 나누기는 하는데, 눈에 동정의 빛이 역력한 거야. 참 힘들겠다, 힘내라, 하고 얼굴에 쓰여 있다니까."

아쓰코는 눈썹을 여덟팔자로 찡그리고 한숨 섞인 목소리로 말했다.

"그 정도 가지고 뭘 그래. 난 이런 책까지 받았는데. 〈역경을 이겨 내기 위한 50가지 명언〉이래."

유스케는 오늘 공원에서 있었던 일을 얘기하고 책을 보여 주었다.

"아하하하."

아쓰코가 배를 잡고 웃었다.

"그렇구나. 우리 부부가 세간의 오해를 사고 있구나."

"성 역할에 대한 사회적 고정관념의 뿌리가 깊잖아."

그때 전화벨이 울렸다. 누굴까 하면서 받아 보니 고향에 계신 어머니였다. 호랑이도 제 말 하면 온다더니.

"네 누이에게서 다 들었다……."

어머니는 그렇게 말을 꺼냈다. 누나에게 회사가 넘어갔다는 얘기를 했는데, 벌써 새 나간 모양이다.

"상심이 크겠구나. 괜찮으냐? 그래도 무리는 하지 말거라."

갓난아기의 살을 어루만지듯 자애로운 목소리였다. 어머니는 불황을 저주하고 자민당을 비판하고, 좌절해서는 안 된다는 말로 아들을 위로했다.

"아버지 바꿔 주마."

그러고는 아버지에게 수화기를 넘겼다.

지금까지 아버지와 통화한 일은 거의 없었다. 한 달에 한 번 정도 안부 전화를 하는데, 그때마다 어머니와 얘기를 나누었다. 사이가 나쁜 것은 아니지만, 부자지간이란 원래 그런 법인가 보다.

"어험."

전화기 저편에서 헛기침을 하는 소리가 들렸다.

"그래, 유스케냐."

억지로 꾸며낸 온화한 목소리였다.

"큰일이로구나."

"네, 뭐."

"구직 센터 같은 곳에는 가 보았느냐?"

"아니요, 안 갔는데요."

"그래, 안 갔구나. 서두를 필요는 없지. 마흔이 넘으면 일자리 찾기도 쉽지 않다고 하지만, 너는 아직 서른여섯이니 얼마든지 찾을 수 있을 게다."

"그렇겠죠, 뭐."

"모아 둔 돈은 좀 있느냐?"

"조금은 있습니다."

"궁하면 말해라. 나와 네 어미는 연금으로 편안하게 살고 있으니 목돈이 아니면 언제든지 융통해 주마."

"네, 고맙습니다."

잠시 틈이 생겼다. 피차 전화로 얘기하는 것에 익숙하지 않아 긴장하고 있는 것이다.

"긴 인생, 살다 보면 이런 일도 있는 게야."

아버지가 근엄하게 말했다.

"맑은 날만 있을 수야 없지. 바람 부는 날도 있고, 비도 오고. 하지만 그치지 않는 비는 없다. 언젠가 너의 하늘도 맑게 갤 거야."

"그래야죠."

대답하면서 당황했다. 아버지는 아들의 기운을 북돋기 위해 열심히 생각한 말을 전하고 있는 것이다. 자식을 전혀 이해하지 못하는 부모지만, 있다는 자체가 고맙다.

"이 나라에 살면서 밥을 굶는 일은 없을 테니, 비관하지 말

거라. 지금 사는 곳에 집착할 것도 없고. 세상 도처에."

헉, 또 그 소리. 유스케는 바짝 긴장했다.

"청산이 있다고 했으니……."

후. 안도했다. 아버지는 격언을 정확하게 해석했다. 과연, 전력이 선생인 사람답다.

다들 인간, 인간 하는데 여기서 인간이란 세상이고, 청산은 무덤을 말한다. 즉 사람으로 태어난 이상 두 다리 뻗고 묻힐 자리는 어딘가에 있으니 큰 뜻을 품고 또 펼쳐 보라는 소리다.

아버지가 며느리와 얘기하고 싶다고 해서, 아쓰코에게 수화기를 건넸다.

"무슨 말씀이세요. 아니에요."

아쓰코가 고개를 조아리고 어쩔 줄을 모른다.

"저, 마침 밖에서 일하고 싶었어요."

허리까지 굽히고 간곡하게 말한다. 그리고 전화를 끊은 후 어깨를 으쓱하며 이렇게 말했다.

"아버님이 사과를 하시잖아. 고생하게 해서 미안하다, 아들놈에게 가장으로서 반드시 책임을 다하게 하겠다, 하시면서 말이야."

"어, 그랬어."

유스케는 그만 웃음을 터뜨리고 말았다.

"당신, 가장으로서 책임을 다해야 돼."

아쓰코도 입가를 치켜 올리며 웃었다.

"그야 물론 다합죠. 당신도 도시락 싸 줄까?"

"나야 좋지. 회사 근처에 있는 음식점들, 점심시간만 되면 길게 줄을 서야 하니까 느긋하게 먹기가 쉽지 않거든."

"알았어. 우엉조림하고 닭튀김에 다시 계란말이, 그리고 브로콜리도 있으니까……."

유스케는 손가락을 꼽으며 중얼거렸다.

"참, 다시 다 떨어졌는데 지금 우려 놓는 게 좋겠다."

유스케는 엉덩이를 들었다.

"나 먼저 자도 돼? 좀 피곤하네."

"그럼."

"후후, 아내를 얻은 기분인데. 모두에게 자랑해야지."

아아아아. 아쓰코는 타잔처럼 입을 두드리면서 하품을 하고는 침실로 사라졌다.

유스케는 부엌으로 가 냄비에 물을 받고, 깨끗하게 씻은 다시마를 집어넣었다.

그때 또 전화벨이 울렸다. 이번에는 누구지, 하면서 받으니 야마시나 부장이 인사도 하는 둥 마는 둥 흥분한 투로 말을 쏟아냈다.

"밤늦게 미안한데, 상황이 긴급해서. 나이스 상사에서 내게 스카우트 제안한 것을 어떻게 알았는지, 하라다 놈이 제 발로 찾아갔어."

어럽쇼. 유스케는 눈살을 찌푸렸다. 나는 부장에게 연락해 보라는 뜻으로 가르쳐 주었을 뿐인데.

"그런데 그게 제2영업팀 전체를 놓고 흥정을 한 거야. 우리 팀과 한번 붙어 보겠다는 속셈인 거지."

"네? 우리 팀이오?"

유스케의 눈이 휘둥그레졌다.

"당장 대책을 강구해야겠어. 내일 오전 10시, 신바시 다이이치 호텔 카페로 오라고. 난 다섯 명을 데리고 갈 텐데, 그중에 자네는 있어도 하라다는 없어. 자네, 어지간해서는 화를 내지 않잖아. 그 점을 나는 높이 사고 있다고."

"아니, 그게, 그런데……"

"조건도 나쁘지 않아. 지금까지 받았던 연봉의 80퍼센트는 기본으로 보장해 주겠대. 나머지는 우리가 하기에 달렸어. 실적을 쌓으면 사내에서 따로 독립된 부서로 활동할 수도 있고. 쉽지 않은 기회라고. 이 기회를 놓칠 수 없지. 안 그런가?"

"네, 뭐, 그렇기는 한데……"

"그럼 내일 보자고. 그길로 나이스 상사에 쳐들어갈지도 모르니까 반듯하게 양복 차려입고 와."

꾸무적거리고 있는데 전화가 끊겼다. 손에 든 수화기를 내려다보았다.

잘되었지, 뭐. 입속으로 중얼거렸다. 뭐가 잘되었다는 건지, 자신도 잘 몰랐지만.

물이 끓어 불을 중불로 낮췄다. 부글부글 끓어오를 때쯤 다시마를 꺼냈다. 이어 가다랑어포를 넣고 약한 불에 3분 정도 끓인다. 불을 끄고 김을 쐬며 냄새를 맡았다. 음, 냄새가 그윽하다.

잠시 후, 준비해 놓은 소쿠리에 종이타월을 씌워 볼 위에 걸쳐 놓고 국물을 좍 부었다. 이제 식혀서 페트병에 담아 냉장고에 넣으면 끝이다.

내친김에 반찬거리 밑손질도 하기로 했다. 브로콜리는 오래 두고 먹을 수 없으니까 산 그날 소금을 살짝 뿌려 데치는 것이 좋다.

냉장고 안을 뒤져 보았더니 안쪽에서 초콜릿이 나왔다. 카레에 넣어 먹으려고 사서 쇼타가 먹지 못하게 숨겨 둔 것이었다.

아이디어가 번뜩 떠올랐다. 초콜릿을 녹여 데친 브로콜리를 송두리째 코팅하면 어떨까.

도시락 뚜껑을 여는 순간, 초콜릿을 보고는 좋아서 눈을 반짝이는 쇼타. 덥석 한입에 넣고는 오물거린다. 안에는 브로콜리.

우히히히. 상상만 해도 웃음이 나왔다.

끝까지 한번 해 보자. 이건 아버지와 아들의 전투다.

또 냄비에 물을 끓이고 물 위에 조그만 볼을 띄웠다. 초콜릿을 부서뜨려 조각조각 던져 넣는다. 순식간에 사르르 녹기 시작한다.

카카오 향이 코끝을 스쳤다. 유스케는 아, 여기가 청산, 이라고 생각했다.

"오늘 밤 생각해 보고, 그리고 다시 얘기해요."

"아니 그게……."

에이치가 기어 들어가는 소리로 말했다.

"실은 사표, 벌써 내 버렸거든. 좋은 일은 서두르라는……."

눈앞이 어찔했다.

남편과 커튼

1

둘이 저녁을 먹고 있는데, 남편 에이치가 시나가와 역 앞에 커튼 가게를 내겠노라고 했다. 오야마 하루요는 그 말을 듣자마자 또 기분이 암울해졌다.

"커튼 가게?"

"응. 커튼하고 카펫을 팔 거야. 그게 돈벌이가 짭짤하대."

에이치는 밥을 우물거리면서 젓가락을 마치 지휘봉처럼 휘저었다. 태도는 한없이 밝았다.

"그럼 회사를 또 그만두겠다는 거야? 애써 과장이 됐는데."

에이치는 지금 다니는 회사로 직장을 옮긴 지 겨우 1년이다. 하루요가 아는 것만 해도 다섯 번째인가 여섯 번째 옮긴 곳이다.

"사원이 50명밖에 안 되는 영세 기업에서 과장이라고 해 봐야."

"자기가 다니는 회사를 어쩜 그렇게 말해. 사장님도 당신을 신뢰한다면서, 미안하지도 않아?"

"그야 물론 미안하지. 하지만 나도 찾아온 기회를 그냥 놓칠 수는 없잖아. 고용 관계란 어디까지나 계약에 불과하다고. 경영자라면 사원이 언제든 그만둘 수 있다는 각오 정도는 하고 있어야지."

하루요는 고개를 숙이고 한숨을 쉬었다. 남편은 한번 말을 꺼내면 절대 굽히지 않는다. 게다가 행동까지 빠르다. 선언했을 때는 이미 뭔가가 시작되고 난 후다.

"그런데 왜 하필 커튼 가게인지 안 물어봐?"

"그래, 물어 줄게."

하루요는 밥을 떠 입으로 가져가면서 대답했다. 설명을 들어 본들 수긍할 수 있는 상황이 아니다. 남편의 계획은 말로만 들으면 언제나 완벽하지만, 실행에 들어가면 허점이 속속 드러난다. 재작년 배달 대행업을 시작했을 때도, 그 전에 동창회 간사 대행업을 했을 때도, 또 그 전에 강아지 산책 대행업을 했을 때도 그랬다.

에이치는 눈을 반짝이며 얘기하기 시작했다.

"지금 말이지, 시나가와 해안가를 따라서 신축 아파트가 죽 들어서고 있잖아. 그 수가 어느 정도나 되는지 알아?"

"글쎄, 그런 쪽에는 별 관심이 없으니까……."

"얼마 전에 영업하러 나갔다가 근처를 지나면서 세어 봤는데, 시바우라에서 덴노우즈까지 불과 2킬로미터 사이에 열두 동이나 들어섰더라고. 그것도 전부 20층 이상 고층에 규모가 큰 동은 총 세대 수가 2천이나 돼. 정확한 수치는 아직 계산해 보지 않았지만, 앞으로 1년 안에 시나가와 지역에만 최소 1만

세대가 공급될 거라고."

"흐음, 듣기 좋은 소리네."

하루요는 시큰둥하게 대꾸했다.

"그래서 생각해 봤는데, 신축 아파트로 이사한 사람들이 제일 먼저 뭘 살까? 대답은……, 커튼과 카펫."

에이치는 그렇지 않겠느냐는 표정을 지었다.

"당신, 제대로 조사해 보는 게 좋지 않겠어? 커튼이 이미 달려 있으면 끝이잖아."

"모르는 말씀. 새로 지은 아파트에 커튼이 달려 있을 리 없지. 바닥도 마루가 절반쯤은 깔려 있겠지만, 소파 밑에는 러그를 깔든지 할 거 아니야. 그러니까 수요는 충분하다고. 게다가 고층 아파트는 화재 예방을 위해서 방염 커튼을 의무적으로 달아야 한다고. 그게 또 값이 꽤 나가요. 방 두 개 있는 아파트의 모퉁이 방을 예로 들면, 평균 여섯 장은 필요하니까 그 가격이 20만 엔이야, 20만 엔."

하루요는 잠자코 단무지를 씹었다. 아삭, 하는 소리가 거실에 울렸다.

"사람은 비싼 물건을 살 때일수록 지갑을 잘 열거든. 비싼 아파트를 사서 입주까지 했으니, 커튼도 좋은 걸 달고 싶을 거 아냐."

"난 그런 아파트나 있었으면 좋겠다."

"걱정 마. 커튼 가게 해서 돈 벌면 사 줄게. 20만 엔짜리 커튼의 순이익이 5만 엔이라 치면, 천 세대에만 팔아도 5천만 엔이 들어온다고."

에이치가 다섯 손가락을 쫙 벌리고 하루요를 향해 내밀었다.

"그러니까, 그런 걸 빈틈없이 조사한 후에……."

"물론 사전 조사는 할 거야. 내일 당장, 히바리가오카 단지 근처에서 커튼 가게를 하는 사람을 만나 얘기를 들어 보려고."

"누군데? 당신이 그런 사람도 알고 지냈어?"

"아니. 전화번호부 보고 찾아냈지. 그리고 전화를 걸어서 사정을 얘기하고 꼭 조언을 구하고 싶다고 했어. 히바리가오카면 거리가 꽤 되니까 경쟁 상대가 될 일도 없고."

매번 그렇지만, 하루요는 어이가 없었다. 왜 이런 일에만 기운이 펄펄 넘치는지. 애당초 영업에 소질이 있는 사람이니까, 지금 다니는 회사에서 그 재능을 살리면 될 텐데.

"그런데, 사업 자금은 어떻게 할 거야?"

"그러려고 모아 둔 돈이 있잖아. 600만 엔."

"그러려고 모아 둔 돈?"

하루요가 눈을 부릅떴다.

"당신, 그걸 말이라고 해. 그건 아파트 사려고 모은 돈이잖

아. 어떻게든 천만 엔으로 불려서 계약금으로 쓰겠다고 했잖아."

"이 일에 성공하면 아파트 정도는 현찰로 살 수 있다니까."

"실패하면?"

"우리, 희망적으로 생각하자고."

에이치는 남자 주제에 아양을 떨었다.

"절대 안 돼. 그 돈의 절반은 내 거라고."

하루요는 집에서 일러스트를 그리는 일을 하고 있다. 잡지나 팸플릿의 삽화 수준이지만, 그래도 회사에 다니는 여자만큼의 돈은 벌어들이고 있다.

"그럼 절반만 쓸게. 그리고 나머지는 신용 금고에서 대출을 받든지 하고."

"그런 문제가 아니잖아."

하루요는 다 먹은 그릇을 들고 일어섰다. 싱크대로 걸어가 수도꼭지를 틀었다. 스펀지를 집었다. 그만 얘기하고 싶었다.

그런데 에이치도 그릇을 들고 따라왔다.

"나 말이지, 이 기회를 놓쳤다가 나중에 후회하고 싶지 않다고. 시나가와 역 주변은 사무실만 많지 커튼 가게는 한 군데도 없단 말이야. 재빨리 자리 잡는 사람이 이기는 거야."

늘 이렇다. 재빠른 사람이 이긴다는 얘기는 다른 사람이 끼어들면 끝장이라는 뜻이 아닌가.

"어차피 입주해서 다들 커튼 달고 나면 수요가 없어질 테니까, 그때는 가게 접으면 되잖아. 그러니까 1, 2년 사이에 5천만 엔."

그런 점이 싫었다. 하루요는 소박해도 안정된 생활을 원했다.

"부탁할게."

옆에서 에이치가 두 손을 모았다.

"회사에 다녀 봐야 앞날이 뻔하잖아. 지금은 벤처 사업의 시대라고."

IT나 컨설팅이라면 몰라도 에이치가 하겠다는 벤처 사업은 노동력을 필요로 하는 아날로그적인 것들뿐이었다.

에이치가 등에 딱 들러붙어, 겨드랑이 밑으로 손을 밀어 넣으며 가슴을 애무하려 했다.

"손 치워."

버럭 소리를 지르면서 팔꿈치로 밀쳐 냈다. 에이치는 얌전히 물러나더니 싱크대에 기대어 초등학생처럼 토라져 있었다.

"당신 알아? 우리 이제 곧 서른넷이라고."

설거지를 하면서 하루요는 조용히 말했다.

"아직 서른넷이지. 인생을 절반도 살지 않았는데, 뭘."

"과연 그럴까. 학생 시절 친구들은 모두 아이가 있어. 집 장만이다, 아이들 교육이다, 앞날을 생각하느라 골머리를 썩이고 있다고. 그런데 우리는 인생 설계조차 없잖아."

에이치는 입만 쭉 내밀고 말이 없었다. 이쯤 되면 어린애나 마찬가지다.

"좀 더 앞날을 생각해 줬으면 좋겠어요."

하루요는 남에게 하듯 말했다.

"그럼 우리 2년만 더 있다 아이 낳자. 그러니까 무슨 일이 있어도 커튼 가게로 돈을 벌어서……."

"아무튼."

수도꼭지를 잠그고 몸을 돌렸다.

"오늘 밤 생각해 보고, 그리고 다시 얘기해요."

"아니 그게……."

에이치가 기어 들어가는 소리로 말했다.

"실은 사표, 벌써 내 버렸거든. 좋은 일은 서두르라는……."

눈앞이 어찔했다. 하기야 지난번에도 말 한마디 없이 회사를 그만둔 에이치다.

하루요는 한숨을 푹 내쉬고는 에이치의 발을 힘껏 밟았다.

"아얏!"

결혼한 지 7년 되는 동갑내기 남편이 웃으면서 도망쳤다. 거실까지 쫓아가 플라잉 니킥을 날렸다. 힘이 실린 일격이었다.

에이치는 신속하게 움직였다. 히바리가오카에 있다는 커튼 가게 주인을 다짜고짜 찾아가더니 물품 반입 루트와 점포 경영의 노하우를 배우고, 도매상과 조합 앞으로 소개장까지 받아 왔다.

"얼굴 한 번 본 적 없는 사람에게 왜 그렇게 친절하게 대해 준다는데?"

"사람은 솔직하게 터놓고 다가가면 호감을 갖게 되는 법이야."

하루요가 미심쩍어하자 에이치는 태연한 얼굴로 대답했다.

하기야 옛날에도 그랬다. 에이치는 하루요를 만난 첫날에 겸연쩍어하면서 "우리 결혼하지 않을래요?" 하고 청혼했다. 요컨대 단도직입적인 사람이다.

그리고 시나가와 역 앞에서 가게 자리를 찾았다. 원래 창고였던 곳이라 그저 넓기만 할 뿐 아무것도 없는 공간이었다. 그냥 내버려 두면 끝도 없이 질주하는 사람이라, 하루요는 구경이나 할 겸 같이 가 보았다.

"목이 별로인 거 같은데. 뒷길인 데다 사람들도 많이 다니지 않고."

"괜찮아. 서점이나 음식점이라면 몰라도 커튼 가게는 별생각 없이 훌쩍 들어가는 데가 아니잖아. 다 필요해서, 사기 위해 오는 손님들이니까, 전단지를 뿌리면 찾아서라도 온다고.

그러니까 2층도 상관없어."

에이치는 자신만만하게 말했다. 과연 그럴지 의문스러웠지만 귀찮아서 입 다물고 있기로 했다.

배관이 그대로 드러나 있는 천장을 올려다보았다. 시선을 돌리니 벽도 그냥 콘크리트였다. 실내 인테리어에 꽤나 돈이 들어갈 듯했다. 그런 걱정이 얼굴에 나타났는지, 에이치가 고개를 들어 천장을 보면서 중얼거렸다.

"창고형 가게로 꾸밀 거니까 실내 인테리어는 신경 안 써도 돼. 바닥만 마루로 새로 깔자고. 그런 다음에 바로 문을 열고."

"여기는 보증금이 얼마야?"

"200만."

"쉽게 말하네."

"신용 금고에서 대출해 주기로 했으니까 문제없어."

하루요는 눈썹을 찡그렸다.

"벌써? 담보도 없이?"

"동네 신용 금고는 도시에 있는 담보주의 대형 은행과 달라서 결국은 빌려 주게 되어 있으니까. 평소 거래하는 담당자에게 사업 계획서를 보여 주었더니, 오야마 씨는 믿을 수 있는 사람이라던데."

하루요는 슬며시 한숨을 쉬었다. 에이치는 말솜씨가 번지르르하고 배짱이 두둑한 사람이 아니다. 오히려 어눌하게 말하는 편이다. 다만 듣기 좋은 소리는 하지 않기 때문에 은행권에서도 신뢰하는 경향이 많다.

"전에 빚졌을 때도 내빼지 않고 잘 갚았잖아. 그런 실적이 쌓여서 신용 등급이 되는 거야."

"아 네, 그래요."

맥없는 대답이었다. 아마도 우리 남편은 '성실한 한탕주의자'라고 해야 할 것이다.

에이치는 하루요가 보는 앞에서 계약금을 지불하고 가계약서에 도장을 찍었다. 이제는 물러설 수도 없네. 마음속에서 불안이 소용돌이쳤다. 하지만, 뭐 어때. 실패한다고 치명타를 입을 사업도 아니다. 그러니 은행에서도 돈을 빌려 준 것이다. 또 다른 자신이 그렇게 위로했다.

그러고 나서 둘이 사전 정찰도 할 겸 해안을 따라 드라이브를 했다. 에이치가 말한 대로 건설 중인 고층 아파트가 하늘을 향해 몇 동이나 치솟아 있었다. 돈 냄새를 맡고 유전(油田)에 몰려든 투기꾼들을 방불케 하는 광경이었다. 유전이란 것을 본 적은 없지만.

"어때? 여기 살 사람들 모두가 커튼을 살 거 아냐."

에이치가 벌겋게 흥분한 얼굴로 말했다. 조수석에 앉아 있는 하루요는 잠자코 아파트만 올려다보았다. 그럴 수만 있다면 커튼을 사는 쪽이 되고 싶다고 생각하면서 한숨을 푹 내쉬었다.

그날 밤, 여성지 편집자에게서 전화가 걸려 왔다. 어제 택배로 받은 연재 에세이의 삽화가 무척 마음에 든다는 연락이었다.
"이번 일러스트, 대단하던데요."
평소 공치사를 하는 남자가 아니라서 하루요는 솔직히 기뻤다.
"뭐라 표현하기 어렵지만, 한 꺼풀 껍질을 벗은 듯한 느낌이랄까."
"무슨 말씀을요."
"아닙니다. 색감도 언뜻 보면 거친데, 과감한 게 아주 좋아요. 오야마 씨가 일러스트를 그린 지 1년이 되었는데, 새로운 면을 본 기분입니다."
편집자는 호쾌하게 하루요를 칭찬하고는 좋은 그림을 그려주어 고맙다 말하고서 전화를 끊었다.
하루요의 입가가 절로 벌어졌다. 실은 삽화를 완성했을 때, 다소 모험 아닐까 생각했다.
"왜, 무슨 좋은 일이라도 있는 거야?"
목욕을 하고 나온 에이치가 물었다.

"일러스트, 아주 좋았대."

"호오, 당신이 워낙 그림을 잘 그리잖아."

에이치가 냉장고를 열어 맥주를 꺼내고 있다.

이봐, 난 프로라고. 남편의 등을 노려보며 하루요는 속으로 중얼거렸다.

소파에 푹 기댔다. 두 팔을 들고 기지개를 켰다. 나이를 먹었어도, 칭찬은 좋은 것이다.

2

지하 주차장에 있어야 할 어코드가 하루요 모르게 승합차로 바뀌었다. 그것도 지붕에 짐을 실을 수 있는 영업용이었다. 게다가 차체 옆에는 '커튼&카펫 오야마'란 글자가 떡하니 찍혀 있었다.

"왜 이런 일을 의논 한마디 없이 하는 거야?"

하루요는 정색하고 에이치에게 항의했다.

"순환 도로 변에 있는 중고차 영업점에서 찾았는데, 조건이 진짜 좋아어. 5년 굴린 어코드와 교환하면서 타이어도 새것으로 갈아 주고, 최신 내비게이션까지 덤으로 달아 주었다니까. 장사하는 데 내비게이션은 반드시 필요하잖아."

에이치는 조금도 미안해하는 기색이 없었다.

"나 당신이 회사에 있는 동안, 가끔씩 다마 강까지 드라이브하러 갔단 말이야."

"일 없을 때는 당신 마음대로 타고 다녀."

"'커튼&카펫 오야마'라고 쓰여 있는 차를 타고?"

"광고도 되고 좋잖아."

하루요는 소리 나지 않게 입속으로 "바보"라고 중얼거렸다.

"그리고, 가게 이름은 왜 멋대로 짓는데."

"응, 이것저것 생각해 봤어. 세련되게 영어로 할까 하다가, 그래도 역시 알기 쉬운 게 최고라는 결론이 나와서."

사실은 하루요도 나름 가게 이름을 생각하고 있었다. 웬만하면 로고 정도는 디자인해 줄 수도 있다고 생각했다.

"간판에는 알파벳으로 커다랗게 'K&K OYAMA'라고 쓰려고 하는데. 창고형 가게니까 찾아오는 손님에게 폼 좀 나게 보여야지."

"커튼은 C로 시작되는 거 아냐? 카펫도 그럴 텐데."

"뭐, 정말?"

에이치가 책꽂이에서 영어사전을 꺼내 팔락팔락 페이지를 넘겼다.

"어, 진짜네. 둘 다 C로 시작하잖아. 그럼 'C&C OYAMA'로 해야겠군. 후, 다행이다……. 아니지, 아니지. 간판 벌써 주문했는데."

그러고는 허둥지둥 수화기를 들었다.

"여보세요. 어제 찾아뵌 오야마라고 합니다……."

하루요는 눈을 감고 고개를 내저었다. 지난번에도 이랬다. 회사 이름인 '딜리버리 서비스 오야마'에 보란 듯이 엉터리 스펠링이 섞여 있었다. 에이치는 점검한다는 개념이 없다. 보나 마나 어렸을 때도 수학 문제를 풀고서 검산을 하지 않는 소년이었을 것이다.

그리고 사흘도 지나지 않아 에이치는 점원 두 명을 고용했다. 하루요는 그것도 가게에 가서야 알았다. 바닥에 마루를 다 깔았다고 해서 확인차 보러 갔더니, 에이치는 없고 웬 낯선 남녀가 있었다. 남자는 마흔이 좀 넘어 보이는 투실투실한 중년이고, 젊은 여자는 수수한 차림새가 극단의 단원쯤 되어 보였다.

"저…… 우리 남편은 없나요?"

"아, 사모님이군요. 사장님은 지금 도매상에 갔는데, 이제 곧 돌아올 겁니다."

남자가 커다란 목소리로 대답했다. 요즘 세상에 중년 남자가 머리를 엷은 갈색으로 물들이고 파마까지 하다니. 가부키초에서 일하는 베테랑 호스트 같은 분위기다.

"난 누마타라고 합니다. 사장님에게 들었는데, 이 가게 아주 잘될 겁니다. 신축 아파트 단지를 노리다니 기발한 아이디어 아닙니까. 그것도 오래 끌지 않고 1, 2년 지나면 미련 없이 가게를 접는다고 하니. 그런 단호함이 좋아요."

"아, 네……."

나잇살이나 먹어서 태닝 숍에라도 다니는지, 누마타란 남자의 피부는 부자연스러울 정도로 검었다. 손목에는 롤렉스로 보이는 번쩍거리는 금색 시계를 차고 있다.

"실은 나도 가게를 하나 차릴까 하고 있어요. 오래 끌 마음은 없는데, 그 점이 사장님과 일맥상통한다 이겁니다. 아하하하."

누마타가 입을 쩍 벌리고 웃었다. 우웩, 절대 집에는 들이고 싶지 않은 타입이다. 그런 생각을 하면서 여자 쪽을 돌아보았다. 여자는 붙임성이란 것을 애당초 타고나지 않았는지 인사 한마디 하지 않은 채 책상에 앉아 서류를 보고 있었다. 화장기도 없다. 전직이 프리터겠다 싶었다.

그러고 있는데 에이치가 돌아왔다.

"어, 왔어? 어때? 바닥재, 좋지?"

하루요는 대답은 하지 않고 턱을 치켜들고는, 안쪽에 있는 사무실로 에이치를 데리고 들어갔다.

"사람을 쓸 거면 쓴다고 말을 해야지."

허리에 손을 올려놓고 말했다.

"당신이 바쁜 것 같아서."

"바쁜 건 맞아. 하지만 이력서 정도는 볼 수 있다고. 부탁했으면 면접도 같이 보았을 테고."

"알았어. 다음부터는 그렇게 할게."

하루요는 팔을 쭉 뻗어 에이치의 귀를 잡아당겼다.

"아야야야."

에이치가 얼굴을 찡그린다.

"저 두 사람은 어떻게 고른 거야?"

"면접 보러 온 첫 번째 사람과 두 번째 사람."

하루요의 어깨가 축 늘어졌다. 에이치는 정말 사람 보는 눈이 없다. 성격이 너무 개방적이어서, 누구든 받아들이고 본다.

"누마타 씨는 얼마 전까지 술집 하던 사람이고, 여자 쪽은 쓰카모토 씨라고 하는데, 현재 극단 단원이야."

"맞혔다."

"뭘?"

"아무것도 아니야. 기한이 한정돼 있어서 면접 보러 오는 사람도 한정된다는 얘기네."

"그렇지 그렇지."

뭐가 그렇지 그렇지야. 그렇다면 신원이 확실한 학생 아르바이트를 구하는 편이 안심도 되고 인건비도 덜 나간다. 목구

멍까지 기어 나온 그 말을 삼키고 물건 정리나 돕기로 했다. 뒷짐만 지고 있을 수는 없다. 우리 집의 장래가 걸린 일이다.

에이치와 둘이서 무거운 카펫을 벽에 세웠다. 단박에 몸이 화끈 뜨거워지면서 땀이 솟았다. 오랜만에 힘쓰는 일을 한다. 점원 둘도 에이치의 지시를 따라 진열 작업에 열심이었다.

누마타는 힘은 세도 꼼꼼하지 못한 성격인지 물건을 아무렇게나 다뤘다. 어이, 살살 좀 다루라고. 그렇게 말하고 싶었지만 사장의 아내가 나서자니 뭣해서 꾹 참는다. 쓰카모토는 매가리가 없어 조그만 러그 하나 들고도 비틀거렸다. 전체적으로 분위기가 어두워서 어째 강제 노동이라도 하는 꼴이었다.

괜찮을는지. 마음속에 검은 구름이 피어올랐다. 다음 주면 문을 연다. 한동안은 자신이 팔을 걷어붙이고 도와야 할지도 모르겠다.

그날 밤, 저녁을 먹고 일을 하려는데 팔 근육이 땡땡하게 뭉쳐서 붓을 제대로 쥘 수 없었다. 내일 오후까지 보내야 하는 일러스트가 있어 쉴 수도 없었다.

"여보, 오늘 수고 많았어. 같이 맥주 한잔할까?"

"시끄럿. 방해하지 마."

하루요는 상대조차 하지 않았다.

켄트지 앞에서 자신을 격려하며 아이디어를 쥐어짠다. 독자층이 주부인 잡지의 특집 기사 컷이다. 편집자는 '자랑하고 싶은 우리 거실'이란 주제로 자유롭게 그려 달라고 했다.

자유롭게 그리라면 제일 난감하다니까. 전적으로 맡기는 것인 만큼 이쪽 부담이 크다.

의자 등받이에 기대어 눈을 감았다. 몇 초 후, 사방이 고요해졌다. 어, 왜지? 분명히 라디오를 틀어 놓았는데.

몸이 가벼워졌다. 둥실 떠 있는 신기한 감각이 찾아왔다. 눈을 떴다. 하늘에서 그림이 내려왔기 때문이다. 전체가 구석구석까지 다 보였다.

밑그림을 그리자니 답답해서, 팔레트에 포스터컬러를 색색이 덜어 놓고 새하얀 켄트지에 바로 그렸다. 이런 일은 처음이었다. 이미지와 완벽하게 일치하는 색의 세계가 켄트지 위에 펼쳐졌다. 하루요는 일사불란하게 붓을 움직였다.

정신을 차리고 벽시계를 보니 세 시간이나 지나 있었다. 시간의 흐름조차 의식하지 못했다. 빛의 속도로 A지점에서 B지점으로 이동한 느낌이었다.

그리고 완성된 그림을 본 하루요는 흥분했다. 걸작이었다. 소름이 쫙 돋을 만큼 완성도가 높았다. 와우. 마음속으로 환성을 질렀다. 일러스트 그리는 일을 시작한 이래 최고의 작품이었다.

누구에게든 말하고 싶어 침실로 뛰어갔더니, 에이치는 입을 헤벌리고 자고 있었다.

"어이, 안 일어나."

발로 걷어찼다.

"……왜 또."

에이치가 웅얼거리면서 실눈을 떴다.

"이거 보라고. 걸작이지?"

에이치의 몸 위에 올라타 켄트지를 들이밀었다.

"으윽, 이런 일로……."

놀라지 않기에 뺨을 한 대 갈겼다.

"아야, 가정 폭력 반대."

 예술을 이해하지 못하는 남자에게 뭘 바라랴 하고서 침실에서 나왔다. 흥분이 가시지 않아 냉장고에서 캔 맥주를 꺼내, 거실에서 단숨에 들이켰다. 충만한 기분으로 소파에 드러누웠다. 길이 뻥 뚫린 느낌이었다.

 테이블에 켄트지를 기대어 놓고 한없이 바라보았다. 자신의 숨은 재능에 놀랐다.

 편집자도 하루요가 기대했던 반응을 보여 주었다. 너무 좋아서 특집 기사의 첫 페이지에 싣고 싶다고 한 것이다. 사례금도 넉넉히 주겠노라고 했다. 그리고 평소에는 전화나 메일로 일거리를 다 처리하는데, 가끔 뵙고 인사라도 하고 싶다면서 하루요가 사는 동네까지 직접 찾아왔다. 역 앞에 있는 찻집에서 마주 앉았다.

"오야마 씨, 새로운 경지에 오른 느낌이었어요."

편집자도 흥분한 말투였다.

"모르는 사람이 보면, 아마 서로 다른 사람 작품인 줄 알 겁니다."

"무슨 그런 말씀을……."

하루요는 씩 웃으며 고개를 저었다. 물론 겸손을 떤 것이다.

"아니, 그게 말이죠. 창작을 하는 사람들은 대체로 한 꺼풀 벗는 시기가 있더군요. 오야마 씨는 지금이 그런 때가 아닌가 싶어요."

"난 벌써 서른넷인걸요, 뭐."

"아니죠. 일러스트레이터는 젊어서부터 이름을 날리는 경우가 많은데, 그런 사람들의 그림에는 싫증도 빨리 나요. 웬만큼 나이가 들어야 진짭니다. 그런 점에서도 오야마 씨는 진짜라 할 수 있죠."

칭찬을 받으니 하루요도 그런가 싶었다. 잘하면 인기 일러스트레이터로 이름을 날릴지도 모른다.

"난 편집부에 온 지 한 1년 되었는데 더 오래된 사람들에게 물어봤더니, 오야마 씨가 때로 뛰어난 재능을 보여 준다더군요."

"그래요?"

하루요는 눈썹을 찡그렸다. 그런 소리는 금시초문이었다.

"주기적으로 색다른 일러스트를 그린다고 편집부 안에서 한때 화제가 된 모양이더라고요. 역시 크리에이터는 본능으로 그리나 봅니다."

하루요는 생각에 잠겼다. 듣고 보니 짚이는 구석이 없지는 않았다. 간혹 아이디어가 반짝 떠올라 작은 모험을 하곤 했다. 스스로도 좋은지 나쁜지 판단이 안 서는 작품도 있었지만, 꽤 마음에 드는 작품도 많았다.

"이건 실례되는 말인데, 지난 반년 동안 오야마 씨도 매너리즘에 빠졌나 하고 생각한 적이 더러 있었어요. 뭐, 지금이니까 말씀드리는 거지만."

하루요는 울컥했다. 늘 수준 이상의 그림을 그려 왔다고 생각했는데.

"아, 미안합니다. 그런대로 괜찮았어요. 그러니까 어떤 그림이 나올지 예상할 수 있었다는 뜻이지······."

"네. 그랬을지도 모르죠."

"편집자들은 놀라고 싶어 합니다. 새로운 것을 보고 싶어 하죠. 그래서 걸작을 받으면 기쁜 나머지 이렇게 직접 찾아뵙고 싶어지는 겁니다."

편집자는 그렇게 말하면서 바닥에 놓여 있는 쇼핑백을 들어 올렸다.

"이거, 포숑의 쿠키입니다. 일하면서 간식으로 드세요."

'야호!'

하루요는 환호했다. 이어 코끝이 찡해졌다.

감격하는 동시에 용기가 불끈 솟았다. 이 일을 계속하기를 잘했다. 인생이란 모름지기 보람이 있어야 사는 맛이 난다.

집으로 돌아온 하루요는 과거 작품의 파일을 펼쳤다. 편집자가 '주기적으로 색다른 일러스트를 그린다'고 했던 말이 마음에 걸렸던 것이다.

죽 살펴보니, 과연 모험을 시도한 시기와 그렇지 않은 시기가 확연하게 나뉘어 있었다.

왜 그렇지. 창밖 풍경을 바라보면서 생각에 잠겼다.

불현듯 떠오르는 게 있어 마음에 든 작품의 제작 시기를 확인해 보았다. 잡지는 몇 월호인지를 보면 알 수 있고, 팸플릿은 가장자리에 조그맣게 발행일이 인쇄되어 있어 알 수 있다.

이 그림을 그릴 때 내가 뭘 하고 있었더라. 재작년 여름이면……. 그렇다. 에이치가 리스 회사를 박차고 나와 배달 대행업을 시작했을 때다. 의논 한마디 없이 만사를 혼자 처리한 에이치 때문에 가슴을 졸였던 기억이 난다.

처음으로 붓글씨용 붓을 사용해 그린 다른 작품도 보았다.

3년 전 가을이니까……. 역시 에이치가 의류 회사를 그만두고 동창회 간사 대행업을 시작하겠다고 했던 시기다.

하루요는 파일을 펼쳐 놓은 채 눈살을 찌푸렸다. 이거 혹시? 아니지, 그냥 우연일 거야.

다른 작품도 확인했다. 그런데 기억을 거슬러 올라갈 때마다 에이치와 관련된 일밖에 생각나지 않았다. 좋은 작품을 그린 시기가 에이치가 다니던 회사를 그만두고 새로운 사업을 시작한 시기와 정확하게 일치했다.

왜 그런 거지? 이 묘한 일치는 뭐지? 에이치가 새 사업을 시작하는 게 내게 좋은 영향을 미치고 있다는 말인가? 그 천방지축 남편이?

합당한 답이 떠오르지 않았다. 하루요는 아연한 심정으로 한 시간 이상이나 작품 파일을 바라보고 있었다.

3

드디어 에이치가 가게 문을 열었다. 하루요도 집에서 가만히 있을 수 없어 거들러 갔다. 기존의 아파트 단지에는 개점 세일 전단지를 뿌렸다. 하루요가 제 손으로 그린 전단지였다. 에이치의 지시로 쓰카모토가 제작한 전단지가 마치 언더 극단의 광고 화보지 같아 보다 못한 하루요가 직접 나선 것이다.

"손님, 많이 왔으면 좋겠다."

매번 그렇지만, 조마조마했다. 성공하면 아파트도 사고 아이도 낳을 수 있다. 알게 모르게 하루요마저 행복한 꿈을 꾸고 있었다.

"오겠지, 뭐."

에이치는 여전히 태평하다.

"올 겁니다. 두둑한 지갑을 옆에 끼고 우르르 몰려올 겁니다. 하하하하."

누마타가 입을 크게 벌리고 웃었다. 하루요는 이 천박한 남자가 도무지 마음에 들지 않았다. 혹 가게 돈을 슬쩍 빼돌리지는 않을까 불길한 생각마저 든다.

첫 손님은 이 빌딩의 오너였다. 그러니까 가게를 세놓은 주인이다. 온후해 보이는 노부부가 "열심히 해 봐요." 하면서 현관 매트를 사 갔다. 에이치가 주인 눈에 쏙 든 모양이다. 전에 다니던 회사의 사장도 화환을 보내 주었다. 인덕 하나만은 메이저 리그 급이다.

그런데 그 후에는 손님이라고는 그림자도 얼씬하지 않았다. 가게 앞길에는 남녀 회사원들만 걸어 다니고 있다. 애당초 시나가와 역 앞은 주택가도 상점가도 아니다.

하루요는 앞길에 나가 가게를 바라보았다. 상품의 전시 상태도 나쁘지 않다. 가게 앞에는 세일 품목인 카펫을 세워 놓아 나름의 복작복작한 분위기도 있다. 다만 점원이 너무 많다. 혼자 오는 손님은 가게에 들어서기가 거북할 것이다. 에이치가 다가와 옆에 섰다.

"호객이라도 하는 거야?"

"턱없는 소리. 그보다 점원이 분위기를 망치고 있어. 손님이 없을 때는 사무실에 들어가 있으라고 해."

"알았어. 그렇게 할게."

"그리고, 왜 둘이나 고용한 거지?"

"카펫을 혼자서 배달할 수는 없잖아. 배달 나갔을 때 가게 지키는 사람도 필요하고."

"그럼 배달 나갈 때만 학생 아르바이트를 쓰면 되잖아."

비난하는 말투였다.

"그런가. 생각해 보니 그렇군."

머리가 지끈거렸다. 우선은 누마타를 잘라야 한다. 가능하면 쓰카모토도 다른 사람으로 바꾸고 싶었다.

"좀 사근사근한 젊은 여자를 보이는 데 배치하고, 당신은 안에서 잡무를 보면서 기다려. 손님이 오면 그때 나와서 설명하고 권하고. 그렇게 하지 않으면 쉽지 않을걸."

"그럼 쓰카모토를 계산대에 배치하지, 뭐."

좀 사근사근하게 굴어야지. 그렇게 말하고 싶은 것을 참고서 한숨만 내쉬었다. 바람피울 걱정이 없어서 좋기는 한데, 에이치는 여자에 대해 박애 정신이 너무 투철하다.

하루요는 할 일이 있는데도 종일 가게에서 애를 태웠다. 그날 온 손님은 근처 아파트 단지에 사는 주부 몇 팀뿐, 그것도 세일 품목만 사 가지고 갔다. 첫날 매상이 5만 엔도 채 되지 않았다. 점점 불안해졌다.

한 가지 다행인 것은 찾아온 손님 모두가 에이치에게 호감을 보였다는 것이다. 주부들은 조잘조잘 품평을 하면서 에이치와 금방 친근해졌다. 하루요는 이전 상사들이 에이치를 애지중지했던 이유를 알 만했다. 사람의 경계심을 자극하지 않는 것이다.

"다음 주면 운하 변에 있는 타워 아파트 입주가 시작되니까, 그때가 첫 대목일 거야. 500세대가 입주하는데, 그중에 10퍼센트만 와 줘도 대성공 아니겠어?"

에이치는 한없이 희망적이었다.

"그럼요. 빨리빨리 벌어서 돈 싸 들고 떠야죠. 하하하하."

누마타가 가슴을 젖히고 웃었다. 말이 없는 쓰카모토는 묵묵히 주문서를 작성하고 있다.

집에 돌아와 일러스트 작업을 시작했다. 아이디어가 줄줄이 떠올라 삽화 다섯 장을 두 시간 만에 완성했다. 잔물결이 일던 수면이 거울처럼 잔잔해지더니, 거기에 무언가가 비치는 식이었다. 게다가 다섯 장 모두 결과가 좋았다. 과감한 터치에 그림 전체에 힘이 넘쳤다.

음, 편집부에서 또 화제가 될지도 모르겠는걸. 기분이 좋아 자기도 모르게 콧노래를 흥얼거렸다. 하루요는 흥분감을 억누를 수 없었다.

"왜 그렇게 신이 났어?"

에이치가 작업실로 고개를 들이밀고 물었다.

"콧노래까지 흥얼거리고."

"여보, 이 일러스트 어때?"

"당신이 그린 거야?"

"내가 아니면 누가 그리는데?"

"당신을 지켜 주는 수호신이나 뭐 그런……."

"참 내, 말이 되는 말을 해야지."

경멸하듯 말하면서도, 에이치의 농담이 마음에 걸렸다. 수호신은 아니어도, 무언가가 내려오는 느낌이 있었다. 자기 가슴에만 묻어 두기가 아까워, 요즘 일이 얼마나 잘되는지 에이치에게 털어놓았다. 영감이 저절로 떠오른다는 것, 과거의 예를 확인해 봤더니 그 시기가 에이치가 사업을 시작한 시기와 절묘하게 맞아떨어진다는 것.

"부부라서 텔레파시가 통하는 거지, 뭐. 남편의 벤처 정신이 잠들어 있는 당신의 재능을 자극하고 일깨우는 것 아니겠어."

에이치가 보나 마나 그럴 것이란 표정으로 말했다. 마치 고마워해야 할 쪽은 하루요라는 태도였다.

"그게 아니고, 남편이 사업에 실패해서 쪽박을 차게 되더라도 혼자 살아갈 수 있도록 하느님이 은혜를 베푸는 거지."

하루요가 그렇게 말을 받자, 에이치는 마쓰모토 세이초(松本淸張. 일본의 소설가-옮긴이)처럼 아랫입술을 쑥 내밀고 작업실에서 나갔다.

그냥 입에서 나오는 대로 한 말인데, 어쩌면 정말 그런 게 아닐까 하고 하루요는 생각했다. 우리 가정의 위험도를 본능적으로 감지하고 보완하려 하는 것이다. 에이치가 사업에 실패한대서 이혼할 마음은 없다. 사랑한다고 할 만큼 정열적이지는 않아도, 없으면 허전하다.

아무튼 만족할 만한 일러스트를 그렸을 때는 기분이 좋다. 이러다 표지 일러스트를 그리게 되는 거 아냐. 하루요는 잠시 달콤한 공상에 잠겼다.

일의 완성도가 높으면 단박에 전화번호가 널리 알려지는 게 미디어 업계의 특성이다. 하루요에게 발 빠른 편집자와 제작 회사 디렉터들의 일러스트 의뢰가 날아들기 시작했다. 그중에는 광고 포스터 일도 있었다. 사전 심사용이니까 확정된 것은 아니지만, 경쟁에서 이기면 자신이 그린 포스터가 거리에 나붙게 된다.

하루요는 그야말로 흥분의 도가니였다. 드디어 자신이 두각을 나타내게 될지도 모른다. 그리고 그보다는 일에 보람을 느낄 수 있는 것이 정말 기뻤다. 지금까지 조역이었던 자신 앞에 빨간 카펫이 깔려 있다.

집에서 일에 집중할까 했는데, 낮에는 장사에 신경이 쓰여 결국 종이 박스가 쌓여 있는 가게 창고에서 밑그림을 구상하기로 했다.

"꽃무늬하고 레이스는 수요가 제법 있는데, 넉넉하게 들여 놓는 편이 좋지 않을까?"

에이치도 의논거리를 들고 수시로 드나든다.

"어쩌다 메르헨풍을 좋아하는 주부층이 겹쳤을 뿐이야. 그런 손님들은 돈이 별로 없으니까 그냥 무시해."

"여자가 여자에게 냉정하네."

"그보다는 가격이 비싼 물건을 권하라고. 테이블에 외국의 고급 인테리어 잡지를 펼쳐 놓고 마음대로 볼 수 있게 한다든지, 머리를 좀 쓰란 말이야."

"오호라, 알았어. 당장 쓰카모토에게 사 오라고 할게."

생각이 중단되어 좀처럼 일에 진척이 없었다.

"그건 그렇고, 타워 아파트는 입주가 벌써 시작되었을 텐데, 손님 좀 와?"

"그게 생각만큼은 아니야. 이상하네, 전 세대에 전단지 다 뿌렸는데."

"저렇게 태평하다니까······."

하루요는 인상을 찡그렸다.

"그럼 사람들이 어디서 커튼을 구입하는지 조사를 해 봐야지. 그래서 라이벌이 있으면 대책을 강구해야 하고."

"응, 알았어."

에이치는 꾸중을 들은 아이처럼 고개를 숙였다. 하루요가 차라리 내가 사장을 할까 보다고 생각할 정도다.

에이치가 이사 중인 세대에 직접 물어본 결과, 놀라운 진실이 밝혀졌다. 대형 가구 체인점에서 아파트 판매 회사와 손을 잡고 입주 전에 커튼 할인권을 배부했다는 것이다.

"가구점에서 아파트 모델 하우스에 가구 한 세트를 제공하는 조건으로 장사를 좀 하게 해 달라고 한 모양이야. 커튼을 사는 김에 가구도 살 가능성이 있으니까."

에이치가 이마를 긁적거리면서 말했다.

하루요는 등골이 오싹해졌다. 가게를 차리기 위해 몇백만 엔을 투자했다. 이익이 나지 않으면 남는 것은 빚뿐이다.

"다들 생각하는 건 똑같은가 봐. 백화점에서도 구입자들에게 DM 공세를 하고 있대."

"당신, 그렇게 멀거니 서서 남 얘기 하듯 하지 말고 대책을 강구해야지, 대책을."

그만 소리가 커지고 말았다.

"물론 생각이야 했지."

"뭔데? 말해 봐."

"후후후."

에이치가 대담하게 웃었다. 가슴을 뒤로 쭉 젖히고 팔짱을 끼고 있다.

"궁금해?"

"뜸 들이지 말고 얼른."

하루요는 지우개를 던졌다.

에이치의 대책은, 신축 아파트의 창틀 사이즈를 재서 거기에 딱 맞는 커튼을 사전에 미리 제작해 둔다는 것이었다. 요즘 아파트는 창틀 사이즈가 모두 특수하기 때문에 기존에 쓰던 커튼은 맞지 않는다. 그러니 주문을 해도 일주일 이상은 기다려야 하는 것이 보통이다. 그동안은 커튼 없이 살아야 한다.

"커튼은 이사한 당일부터 필요한 거잖아. 그러니까, 우리 가게에 당신의 아파트 창문에 딱 맞는 커튼이 있습니다, 하고 홍보하는 거야."

에이치는 자신만만했다. 실례를 무릅쓰고 이사하는 세대를 찾아가 벌써 창틀 사이즈를 재 왔다고 한다.

"그 방법, 너무 위험 부담이 큰 거 아닐까?"

"조금이야 있지. 하지만 차광성이 높고 색상도 무난해서 팔기 쉬운 베이지나 그레이만 미리 만들어 놓을 거야."

"그래도 안 팔리면 끝장이잖아. 커튼은 주문 제작인데."

"그건 두고 봐야지."

"말은 참 쉽게 한다."

하루요는 꼬투리 잡을 말이 얼마든지 있었지만 꾹 눌러 참았다. 아닌 게 아니라 사이즈가 딱 맞는 커튼을 미리 만들어 놓으면 급한 손님은 반길 것이다. 하지만 마음에 들어 하지 않으면 재고만 쌓인다. 사전 제작은 아무래도 부담이 크다.

"일단은 제일 세대 수가 많은 평수의 창문 사이즈를 재 왔으니까 50세트 정도 서둘러 제작하는 게 어떨까?"

"돈은 얼마나 드는데?"

"급행료도 들 테니까, 얼추 300만 엔. 어음을 끊으면 될 거야."

"누가 처음 장사하는 사람 어음을 받아 준대. 도매상도 현찰 거래를 할 텐데."

"부탁하면 어떻게든 될 거야."

"으음."

하루요는 창고의 천장을 올려다보면서 꿍얼거렸다. 에이치라면 정말 어떻게든 해결을 볼 것 같았다. 이 남자는 부탁에 한해서는 천하장사급이다.

"한번 해 볼게. 무슨 일이든 도전해 봐야지."

에이치가 나가려고 했다.

"잠깐. 30세트만 해."

하루요는 말했다. 어쩔 수 없다. 이 정도 위험은 인생에 늘 따라다니는 것이다. 일러스트 일도 지금 최고조를 달리고 있다. 에이치 일이 뜻대로 안 되면 내가 벌충하면 된다. 그렇게 생각하고서 하루요는 에이, 하고 마음을 다잡았다.

철제 의자에 몸을 기대고 눈을 감았다. 그러자 포스터의 이미지가 머릿속에 넘쳐흘렀다.

와우. 입속으로 환성을 질렀다. 나, 정말 천재인 거 아니야?

4

사흘 걸려 완성한 일러스트를 제작 회사 사람에게 보이자, 폴로셔츠의 깃을 세워 멋을 낸 디렉터가 춤이라도 출 듯 기뻐했다.

"이겁니다. 바로 이거예요. 야, 오야마 씨에게 부탁하길 정말 잘했습니다."

그 자리에 함께 있던 디자이너도 눈이 휘둥그레졌다.

"음, 정말 좋은데요. 참신한데도 독선적이지 않아서 일반 독자들도 친근감을 가질 수 있을 거예요."

최상급 찬사였다. 하루요의 입가가 배시시 벌어졌다.

"며칠이나 걸렸습니까?"

그렇게 물어 "일주일이오." 하고 대답했다. 고생했겠다는 생각이 조금은 들게 하는 편이 좋다.

"생각보다 빠른데요."

그런데도 디렉터는 놀라면서 말했다.

프레젠테이션 단계라 사례금은 십몇만 엔 정도지만, 정식으로 채택되면 몇 배로 뛸 것이라고 한다. 과연 광고업계는 배포가 크다. 이런 식으로 일거리가 많아지면 연봉 천만 엔도 꿈이 아니다.

그리고 사흘 만에 가게에 들러 봤더니, 커튼이 날개 돋친 듯 팔리고 있었다.

"어머, 진짜?"

하루요는 자신도 모르게 남편을 싹 무시하는 발언을 내뱉고 말았다. 에이치 일에는 기대를 걸지 않는 버릇이 있어서, 절대 팔릴 리 없지 하는 심정이었던 것이다.

"손님들도 커튼 주문해 놓고 일주일씩이나 기다려야 하는 게 불만스러웠나 봐. 전단지 내용을, 우리 가게에 당신의 창틀에 딱 맞는 커튼이 준비되어 있습니다, 라고 했더니 효과 만점이야."

"흐음."

믿기지 않았다.

"그리고 과감하게 고급 천을 사용한 것도 적중했고. 싸구려였으면 손님들도 많이 망설였을걸. 하기야 새 아파트 사서 입주하는데, 그저 그런 커튼을 달고 싶지는 않겠지."

"그러네……."

"레이스 커튼도 엄청나게 팔리고 있어. 우선 레이스 커튼만 달아 밖에서 보이지 않게 하고, 두꺼운 쪽은 따로 주문하는 손님도 많았어."

"그래서, 얼마나 팔았는데?"

"얼추 100세트 정도."

"30세트 주문했는데, 어떻게 그렇게 많이 팔아?"

하루요가 다그치듯 묻자, 에이치는 "당신 몰래 승부를 걸었거든." 하고 미안한 기색 하나 없이 대답했다.

온몸에 힘이 쭉 빠졌다. 에이치는 거의 도박이라는 긴장감을 못 느낀 것일까.

창고를 들여다보니 누마타와 쓰카모토가 땀까지 흘려 가며 일하고 있었다. 누마타는 그 어색한 꼬부랑 머리를 스포츠머리로 깎아 단정했고, 반대로 엷게 화장한 쓰카모토는 여자다 웠다. 마음속으로, 얕잡아 봐서 미안해요, 하고 사과했다. 그리고 가게가 점차 궤도에 오르고 있구나, 하고 생각했다.

역시 장사는 이윤이 컸다. 지금까지 판 것만 해도 몇백만 엔은 이익을 봤을 것이다. 일러스트를 한 점 한 점 그려 버는 수입과는 비교가 안 된다.

"미리 제작해 두는 방법, 앞으로도 써먹을 수 있겠어. 가구 체인점이나 백화점에서는 그런 위험 부담을 안으려 하지 않을 테니까, 우리 가게의 독무대나 다름없지."

"응, 그러게……."

"지금 판매 중인 아파트는 모델 하우스가 있으니까 미리 가서 창틀 치수를 재어 오려고 하는데, 당신도 같이 가자고. 아무래도 부부가 자연스러울 거야."

"응, 알았어."

오랜만에 에이치의 지시를 따랐다. 이끌어 주는 남편이 왠지 존경스러웠다.

줄자를 주머니에 집어넣고 곧 완성된다는 40층짜리 아파트의 모델 하우스를 찾아갔다. 두 동에 1200세대나 된다고 하니까 도내에서도 최대급 규모다.

우선은 접수에서 앙케트 용지에 필요한 사항을 기입했다.

살 만한 부부로 보였는지 직원이 알랑거리며 다가왔다.

하루요가 직원과 대화를 하는 동안 에이치는 줄자로 창틀의 치수를 재었다. 직원이 보는 앞이었는데도 딱히 의심하는 눈치는 없었다. 오히려 진지하게 물건을 찾는 손님으로 여겨졌는지도 모르겠다.

모델 하우스를 둘러보자니 정말 사고 싶은 마음이 들었다. 이 방을 아틀리에로 꾸미고, 다른 한 방은 아기 방으로 쓰고……. 하루요는 상상만 해도 가슴이 부풀었다. 방 세 개짜리가 7천만 엔이라고 하니까 지금은 무리지만, 가게가 순조롭게 잘 돌아가 주면 가능성은 충분하다. 요 며칠 사이만도 몇백만 엔의 수익을 올리지 않았는가. 이 아파트 입주민의 20퍼센트 정도만 우리 가게에 와 주어도, 천만 엔 이상은 마진이 떨어질 것이다. 그리고 그런 식으로 신축 아파트를 공략하면……

"여보, 나 이 아파트 사고 싶어."

에이치의 팔을 흔들면서 말했다. 하루요답지 않게 어리광이 줄줄 흐르는 말투였다. 그 말을 들은 직원이 눈을 반짝이며 다가왔다.

그때, 에이치가 직원에게 대뜸 말했다.

"실은, 시나가와 역 앞에 있는 커튼 가게에서 나왔는데요."

아니, 무슨 짓이야? 하루요는 당황했다. 속셈이 드러나면

쫓아낼지도 모르는데.

"갑작스럽게 죄송한데요, 잠시 사업 얘기를 해도 될까요? 아파트 쪽에도 손해는 없을 얘기인데요."

에이치는 함박웃음을 짓고 있었다. 게다가 동안이라서 마치 무턱대고 밀고 들어오는 새내기 영업 사원 같았다.

당연히 상대의 표정이 싹 바뀌었다. 손님이 아니어서 낙담한 데다 무슨 소리를 할지 몰라 경계하는 빛이 뒤섞여 있었다.

에이치는 솔직하게 사정을 털어놓았다. 개인적으로 장사를 하는 사람들이라 대규모 업체와는 경쟁할 수 없어서 미리 제작해 놓은 커튼을 판매하고 있다고. 이미 다른 아파트에서 큰 호평을 받았다고.

"그래서 말씀인데요, 한 가지 제안을 하자면, 아파트는 판매 기간 중에 반드시 전 세대가 다 팔리는 것은 아니잖습니까. 그러니까 팔다 남은 물건에는 갖가지 특전을 붙여서 다시 팔게 될 텐데, 그 경우 커튼을 무료로 제공할 테니까, 모든 창틀의 사이즈를 잴 수 있게 해 주면 안 될까요? 그리고 판매 계약 시에 우리 가게의 전단지를 손님에게 배부하는 조건으로……"

"아, 네……"

직원은 갑작스러운 일에 많이 당황한 모습이었다.

"이미 업자가 들어와 있다면 어쩔 수 없지만……"

"아니, 그렇지는 않을 겁니다. 다만 제가 대답할 수 있는 문제가 아니라서……."

"그러시겠죠. 해당 부서에 저의 제안을 전하고 의논해 주시면 됩니다. 내일 문서를 작성해서 정식으로 신청하겠습니다. 전단지도 배부만 해 달라는 것이지 구매를 권해 달라는 얘기가 아니니까 상품에 대해서 책임질 일은 조금도 없습니다. 따라서 귀사에는 아무런 손해가 없을 겁니다."

"네, 그렇겠군요."

"전례가 없는 일이겠지만, 우리처럼 규모가 작은 가게는 이렇게라도 해야 살아남을 수 있습니다. 아무쪼록 잘 부탁드립니다."

에이치가 공손히 고개를 숙였다. 얼떨결에 하루요도 따라서 고개를 숙였다. 상대도 덩달아 고개를 숙였다.

아, 그렇구나. 단도직입이라는 게 이런 거로구나. 우리 남편은 이런 식으로 상대의 마음을 사로잡았구나. 하루요는 에이치라는 인간을 달리 보게 되었다.

"그럼 우린 가지."

"아, 네."

고분고분한 아내처럼 대답했다.

다시 한번 고개를 숙이고 모델 하우스에서 나왔다. 에이치에게서 한 걸음 뒤처져 걸었다. 남편의 등이 듬직해 보였다.

결혼하고서 처음 느끼는 기분이었다.

그다음 날, 에이치의 신청은 두말없이 받아들여졌다. 아파트 회사 사람이 가게까지 찾아와 확답을 준 것이다. 간단한 계약서도 주고받았다. 팔고 남은 아파트가 수십 세대에 이르면 가게의 손실이 크므로 쌍방이 상한선을 정했다. 아파트 회사 측 영업 담당자는 에이치가 어지간히 마음에 들었는지, "이 장사가 끝나면 우리 집에 놀러 오시죠." 하고 농담까지 했다. 역시 에이치는 타고난 영업맨인 듯했다.

그리고 그다음 날, 하루요의 포스터는 보기 좋게 낙방했다.

"미리 짜고 하는 게임이었나 봅니다. 뒷돈도 받지 않았을까 싶은데, 별 볼일 없는 포스터가 선정되어 모두 어처구니없어 하고 있어요. 아무튼 이 업계 사람들은 다들 머저리라니까."

전화기 속에서 디렉터가 투덜투덜 불평을 늘어놓았다.

"네, 그렇군요."

뻔한 말에 동조하고 싶지 않아 건성으로 대꾸했다.

"다른 일거리가 있으면 또 부탁드리겠습니다."

디렉터가 그렇게 말했지만 하루요는 더는 상대하지 않겠다고 마음속으로 중얼거렸다. 정열이 식어 왠지 시큰둥해진 것이다.

뾰족 서 있던 것이 흐물흐물 꺾인 느낌이었다. 고슴도치가 치켜세웠던 바늘을 옆으로 누인 듯한. 아니면 네모난 치즈의 각이 녹아내린 듯한. 기분 전체가 둥글둥글해졌다.

이상하다 싶을 정도로 분한 마음도 없었다. 그렇게 열심히 그린 일러스트였는데. 뭐 어때, 하고 느긋해졌다.

관심이 다른 데로 옮겨 갔다. 오늘 저녁 반찬은 뭘로 하지, 그런 쪽으로. 지친 모습으로 돌아올 에이치에게 맛있는 것을 만들어 주고 싶었다. 냉장고에 돼지고기가 있으니까 탕수육이나 만들까. 계란국에, 미역 샐러드에…….

저녁 준비를 하기 전에 켄트지 앞에 앉았다. 일단은 할 일이 있기 때문이다.

잡지 컷을 그리자고 생각했다.

20분 정도 눈을 감고 있었지만, 아무것도 내려오지 않았다.

아아, 이제 끝났나 보군. 혼자 피식 웃고 말았다. 다음에는 또 언제 찾아올까.

가게에 전화를 걸었다.

"오늘 저녁, 탕수육 만들 건데, 괜찮아?"

"응, 좋지. 피망은 빼고."

언제나 그렇듯, 태평한 목소리다.

"어린애 같은 소리 하네. 대신 파프리카 넣어 줄게."

"파프리카가 뭔데?"

"뭐긴, 그런 채소가 있어. 가게 잘돼 가?"

"물론이지. 주문 쇄도. 그리고 오늘 다른 모델 하우스에도 가서 얘기해 봤는데, 긍정적으로 검토해 보겠대."

"당신, 혹시 커튼 가게가 천직 아니야?"

"에이, 설마. 계획한 대로 다 팔리면 가게 접을 거야."

"접고 그다음은 뭐 할 건데?"

"다른 일."

아무렴 어떠랴. 그때는 또 자신에게 무언가가 내려올 것이다.

"딴 데 가지 말고 곧바로 들어와."

"알았어."

전화를 끊었다. 행복한 기분이 온몸에 솔솔 번졌다.

하루요는 일어나 부엌으로 걸어갔다.

"있지, 아이들은 몰라도 난 현미밥, 괜찮아."

야스오가 말했다.

"왜? 억지로 먹을 거 없어."

"억지로가 아니야. 나도 내장 지방 줄이고 싶다고.

그리고 당신 먹을 것만 짓는 것도 귀찮잖아."

"당신은 로하스 싫어하잖아?"

"어, 내가?"

식은땀이 돋았다.

아내와 현미밥

1

 매일 먹는 밥이 현미밥이 되었다. 아내가 '로하스', 즉 친환경적인 생활에 빠진 탓이다.
 마흔두 살의 소설가 오쓰카 야스오는 집 안에 서재가 있다. 그래서 거의 아내 사토미가 지어 주는 밥을 먹는다. 돼지고기 볶음, 닭튀김, 햄버그 등, 지금까지 아내는 주로 한창 자랄 나이의 두 아들이 원하는 것을 성모 마리아처럼 친절하게 받아들여 뚝딱 만들어 주었다.
 그것도 닭튀김과 햄버그는 냉동식품을 사용했다. 사토미는 역 앞에 있는 사설 학원에서 사무 보는 시간제 아르바이트를 하기 때문에 집안일에 많은 시간을 할애할 수 없었다. 그래도 야스오는 별다른 불만이 없었다. 아이들도 먹는 것에 투정을 부린 일이 단 한 번도 없었다.
 그런데 올해 들어 상황이 싹 바뀌었다. 야스오가 유명한 문학상을 받으면서 첫 베스트셀러가 나왔기 때문이다. 동시에 이미 출간되어 있던 문고본 역시 날개 돋친 듯 팔려 나간 덕분에 믿기지 않는 거액이 계좌로 송금되었다. 가히 '인생 대역전'이라 할 만한 일대 전환이었다.
 처음에는 살금살금 돈을 꺼내 하와이 여행을 하고 긴자에

나가 스키야키를 먹는 등 가족끼리 소박한 사치를 즐겼는데, 잔고가 1억 엔을 넘자 아내 쪽이 먼저 배포가 커졌다.

"나, 일 그만둬도 돼?"

"그럼."

사토미는 우선 집을 사면서 대출한 융자금을 청산하고, 자산 운용 지침서를 사 와 뒤적거리더니 펀드를 시작했다. 그러고는 아주 의식적으로 소비를 했다. 선택의 여지가 늘어난 덕분인지 일일이 사는 구실을 찾아 물건을 구입했다.

처음 아내의 심금을 자극한 것은 오가닉 코튼이었다. 종래의 코튼은 재배, 방적, 가공을 하는 과정에서 다량의 화학 약품을 사용하기 때문에 지구 환경에 좋지 않은 모양이었다. 무농약에 유기농으로 재배한 제품을 사용하면 그 자체가 환경 보호에 도움이 된다는 것이다.

"이 타월 좀 봐. 유연제를 사용하지 않았는데도 이렇게 부드럽다니까."

야스오는 그 차이가 느껴지지 않았지만, 부부 사이의 예의로 그냥 고개를 끄덕였다.

"얼마 주고 샀는데?"

야스오가 그렇게 물으면, "아주 합리적인 가격."이란 대답밖에 없었다.

그리고 타월을 세트로 산 내추럴 숍에 드나들면서 손님끼리 안면을 트더니 요가 교실에 다니기 시작했다. 그러다 급기야 무농약 채소 공동 구매로 발전, 하는 얘기마다 로하스 로하스 하더니 주인공 납시오 하는 식으로 식탁에 현미밥이 등장했다.

로하스란 '건강을 지키고 지구와 인간 사회의 미래를 생각하는 라이프스타일'을 뜻하는, 1990년대 후반 미국에서 시작된 콘셉트인 듯하다.

야스오는 한숨을 푹 내쉬면서 까칠까칠한 현미밥을 우물거렸다. 겨가 남아 있어 색감도 썩 좋지 않았다. 아이들은 투덜거리면서 흰쌀밥을 요구했다.

"꼭꼭 씹어서 먹어 봐. 그럼 달짝지근한, 곡물의 참맛이 느껴질 거야. 껍데기를 벗기지 않은 쌀 전체의 영양분을 고스란히 먹는 거라고. 그게 바로 로하스. 게스케와 요스케는 너희 껍데기를 벗겨 내면 좋겠니?"

엄마의 황당한 질문에 초등학교 5학년짜리 쌍둥이 형제는 어이가 없다는 듯이 입을 쑥 내밀었다.

야스오 역시 내키지 않았지만 그래도 받아들였다. 오래도록 몸 관리를 하지 않아 허리에 투실투실 살이 붙었다. 정기 검진 때는 내장 지방이 기준치보다 많다는 지적도 받았다. 이참에 조금이라도 다이어트를 하고 싶었다. 아내의 소비 행태가 샤넬이다 에르메스다 하는 쪽으로 흐르는 것보다는 훨씬

낫다고 생각했다.

처음 먹어 보는 현미밥은 볏짚이라도 들어간 것처럼 유난히 딱딱했다. 겨 냄새도 났다.

"밥이 뜻대로 잘 안 되네."

사토미가 그렇게 중얼거리기에, "처음인데 이만하면 잘 지은 거야." 하고 위로해 주었다.

밥 한 공기에 배가 불렀다. 한 숟갈에 스무 번은 씹은 탓이다.

아침에는 6시에 일어났다. 반년 전부터 키우기 시작한 개를 야스오가 아침마다 산책시켜야 하기 때문이다. 개를 키우는 데는 아이들도 대찬성이었고, 야스오도 이의가 없었다. 시바타 견이 좋겠다고 하자 사토미가 일언지하에 무시하더니 털이 북슬북슬한 골든 레트리버가 가족의 일원이 되었다. 이름은 '프레디'. 퀸의 보컬을 닮았다면서 그녀가 지은 이름이다.

서양 개라 그런지 좋은 집안의 자제분 같은 분위기였다. 헐렁한 트레이너 차림에 슬리퍼를 질질 끌면서 데리고 나가면 내 쪽이 졸개로 보인다. 그래서 할 수 없이 아침부터 정장 바지에 카디건을 차려입고 아디다스 테니스화를 신는다.

사토미가 산책 코스로 정해 준 길에는 넓은 둔치가 있다. 가 보니 동네 개들이 우글우글 모여 있었다. 강변에 있던 공장

자리에 새 역을 짓고 대규모 주택 단지를 조성했기 때문에 삼사십 대 층이 일거에 늘어났다. 여기 사는 사람들은 대부분 새로 이사 온 주민들이다. 아파트는 단지 내에 녹음이 풍성하고 동 간 거리가 널찍해서 가격이 만만치 않다. 그러니 주민들이 평균치 이상의 소득층일 수밖에 없다. 그 점을 감안해서 퀸즈 이세탄 백화점도 진출했다.

"오쓰카 씨, 안녕하세요."

동년배인 사노 씨 부부가 인사를 건넸다.

"안녕하십니까."

야스오도 친근하게 인사했다.

사노 씨 부부는, 남편은 광고 회사를 경영하고 미모의 부인 유코 씨는 모델 출신 전업 주부다. 중학교 1학년짜리와 초등학교 5학년짜리 아이가 있다. 요컨대 우리와 엇비슷한 가정이다.

개도 같은 종류다. 애당초 사토미에게 애완견 센터를 소개한 사람이 유코 씨다. 나아가 요가 교실도 유기농 채소도 유코 씨의 권유로 시작한 것이다. 그러니까 로하스의 선배인 셈이다.

"사토미 씨, 오늘 요가 교실에 나오는지 모르겠네요."

유코 씨가 말했다.

"네, 갈 겁니다."

"하라주쿠에 있는 교실에서 호흡법 선생님이 특별히 오시는데."

"아, 그래요."

"오쓰카 씨는 시간에 얽매이지 않으니까 같이 나오셔도 좋을 텐데."

그렇게 말하고 유코 씨는 상큼하게 미소지었다.

"아니, 저는 사양하겠습니다. 괜히 거치적거리기만 할 텐데요, 뭘."

유코 씨는 미인에 사교적이지만 야스오는 왠지 대하기가 거북했다. 맑은 눈에 어린 흔들림 없는 자신감 같은 것에 질리곤 하기 때문이다.

"당신, 지금 한창 잘나가는 작가를 붙들고 시간에 얽매이지 않느니, 그런 소리를 하면 안 되지. 안 그렇습니까, 오쓰카 씨? 그보다 기업 세미나에 한 번 오시죠. 내가 제창하고 있는 '비즈니스 로하스'에 관해서 한 시간 정도만 말씀해 주면 됩니다. 수락하면 지금 당장이라도 자료를 준비하고 일정을 잡죠."

사노 씨가 턱을 만지작거리면서 말했다. 폴로셔츠의 깃을 세운 모습이 왠지 거슬렸다.

"아이고, 아닙니다. 난 소설 쓰는 것만 해도 벅차서……."

야스오는 저자세를 하고서 손을 좌우로 흔들었다. 사노라는 남자 역시 인텔리인 척하는 꼴이 영 못마땅하다. 수염도 제멋대로 자란 것처럼 보이지만, 실은 늘 길이가 일정하다. 아우디를 최근에 도요타 하이브리드로 바꾸고는, 얘기만 나왔다 하면 그 의의를 설파한다.

 야스오는 젊은 시절부터 반골 기질이었다. 사교를 싫어하고 남 보기 좋게 꾸미는 것도 꺼린다. 유행도 거부한다. 그러다 보니 노이로제에 걸릴 만큼 직장 생활이 괴로워, 혼자 할 수 있는 일이 없을까 고민하고 찾은 끝에 작가가 된 것이다. 내세울 만한 확고한 주의 주장은 없지만, 싫고 좋은 것은 분명하게 갈린다. 의뭉스러움과 유머를 좋아하고, 나르시시즘에 빠진 사람과 농담이 통하지 않는 사람은 질색한다. 사노 씨 부부는 전체적으로 여성적이고 세련된 분위기를 풍겼다. 야스오에게는 낯간지러운 족속이다.

 "아 참, 아는 사람이 뉴욕에 다녀왔는데, 매직 소프를 한 케이스 사 왔어요. 사토미 씨도 필요하다면 하나 챙겨 둘게요."

 유코 씨가 말했다.

 "매직 소프요?"

 "유명한 친환경 세제예요. 설거지에 세안에, 개를 목욕시킬 때도 쓸 수 있고, 아무튼 아무 데나 쓸 수 있는 비누예요. 석유에서 추출한 물질을 사용하지 않았기 때문에 지구 환경에도 좋고 피부에도 아주 순해요."

 "알겠습니다. 물어보죠."

"생활에서 나오는 오수를 어떻게 하느냐는 아주 중요한 문제거든요. 옛날에는 오수를 강이나 바다의 미생물로 정화했지만, 지금은 자연의 정화 작용이 미처 따라잡지 못할 만큼 화학 물질이 넘쳐나잖아요."

"네, 옳은 말씀입니다."

"그리고 말이죠, 설거지도 그릇을 물에 불렸다 하는 게 좋습니다."

사노 씨도 한마디 거들었다.

"물을 마냥 틀어 놓고 하는 것보다 물의 사용량을 절반 이상 줄일 수 있거든요. 오쓰카 씨는 집안일, 합니까?"

페미니스트를 자처하는 것도 이 남자의 특징이다.

"물론 하지요. 욕실 청소는 내 담당입니다."

겨우 주말에나 할까 말까 하지만, 듣기 좋으라고 그렇게 말했다.

"욕실용으로 좋은 입욕제가 있죠. 아로마 효과가 있는 데다 물을 정화하는……."

유코 씨가 또 말을 늘어놓으려 했다.

야스오는 슬쩍 손목시계를 보았다.

"아, 난 그만 가 봐야겠습니다."

자기 자랑이 계속될 것 같아 둔치에 풀어 놓았던 프레디를 불러 그만 사라지기로 했다. 환경 얘기는 듣기 싫어도 틀린

말은 아니라서 난감하다.

프레디가 기운차게 달려오다가 저만큼 떨어진 곳에 주춤하고 서더니 주위를 빙빙 돌다 야스오 뒤에 숨었다. 개는 주인을 닮는다고 하더니, 서양 개인데도 낯을 가리는 야스오의 성격을 물려받은 듯하다.

"그럼 이만 실례하겠습니다."

인사를 하고 그 자리를 떴다. 여기 모여 있는 개는 대부분 서양 개다. 그 많은 개들을 집 안에서 키운다는 것을 알고 야스오는 놀랐다. 끔찍이도 개를 좋아하는 모양이다. 야스오의 집에서는 '개는 개집'이라는 가장의 방침을 따르고 있다.

"너, 다른 개들하고 사이좋게 잘 지내냐?"

걸어가면서 프레디를 향해 중얼거렸다. 프레디가 고개를 들고 돌아보더니, 얼굴을 찡그리듯 이빨을 드러냈다가 다시 앞을 향했다. 뭘 모르는 녀석이로군.

달리고 싶어 하는 눈치라, 조깅을 하는 속도로 뛰었다. 싸늘한 가을 공기가 상쾌하게 가슴을 적셨다. 프레디와 같이 살게 된 덕분에 아침에 일찍 일어나는 습관이 붙었다.

집에 돌아와 우선 사토미가 만들어 준 야채 주스를 마셨다. 당근과 사과, 샐러리, 레몬을 주서에 갈아 꿀로 맛을 낸 것이다. 게스케와 요스케도 일어나 같이 마셨다. 둘은 코를 비틀어 쥐고 있다.

"끝까지 다 마셔."

사토미가 둘에게 주의를 주었다.

"맛없단 말이야."

"샐러리는 넣지 마."

저마다 한마디씩 한다.

"야채를 먹어야 키가 크지."

"난 땅꼬마라도 괜찮아."

"그래, 맞아. 키가 크면 키퍼 하라고 한단 말이야."

초등학교 5학년쯤 되니, 건방이 이만저만이 아니다.

아침은 현미밥에 기름을 넣지 않고 볶은 우엉, 찐 단호박, 미역과 두부 샐러드였다. 반찬이 모두 싱거웠지만 그 대신 야채 고유의 맛을 느낄 수 있었다. 단호박이 이렇게 달달할 줄이야, 의아할 정도였다. 식단이 로하스화한 후로 변을 보기가 한결 수월해졌다. 방귀를 뀔 때도 뿡, 시원한 소리가 난다.

사토미는 허리를 쭉 편 모델 같은 자세로 현미밥을 꼭꼭 씹고 있다. 마음속으로 '예뻐져라, 예뻐져라' 하고 염불이라도 외나 싶을 정도로 집중하는 모습이다.

물론 아이들은 환영하지 않는다. 지금까지는 흰밥에 햄에 그를 얹고 후리카케를 뿌린 후에 간장까지 몇 방울 떨어뜨려 획획 비빈 밥이 그들의 아침이었다. 각종 첨가물이 들어 있는 후리카케는 당연히 식탁에서 추방되었다.

"엄마 손으로 후리카케를 직접 만들 거니까, 그때까지 기다려."

사토미는 구운 생선의 뼈를 모아 잘게 부수는 작업을 진행 중이다.

"엄마, 밥에 계란 비벼 먹어도 돼?"

게스케가 물었다.

"안 돼. 오늘 급식이 당면 들어간 오믈렛인데, 그럼 계란만 먹게 되잖니. 엄마가 다 영양의 균형을 생각해서 메뉴를 짜고 있다고."

"쳇."

코를 찡그리고는 김을 얹어 현미밥을 한술 입에 쑤셔 넣는다.

"여보, 로하스도 좋지만 아이들은 좀 봐주지 그래? 칼로리가 많이 필요한 시기잖아. 지방도 금방 분해될 텐데."

야스오가 입을 우물거리면서 말했다.

"안 돼. 어렸을 때부터 몸에 축적된 게 체질을 만드는 거라고. 건강은 하루아침에 얻을 수 있는 게 아니잖아."

"그건 그렇지만, 너무 지나치게 구는 것은 글쎄. 사람에게는 저항력이란 게 있고, 게다가 우리 인공 조미료 먹고도 별탈 없었잖아."

"그건 아니지. 아무 일 없었기에 망정이지. 그대로 계속 먹었으면 아마 우린 다 죽었을걸."

"그건 좀 과장 아닌가……."

어이없다는 투로 말하고 두 아들을 쳐다보았다. 아빠, 힘내라고 얼굴에 쓰여 있었다.

"그러니까 오늘 저녁은 오랜만에 돈가스로 하자고. 고기가 좀 당겨서 말이지."

야스오가 제안했다.

"그럼 닭고기 먹어요. 찜으로 할까, 아니면 찹쌀 넣어서 백숙으로 해도 되고."

"싫어. 난 바삭하게 튀긴 돈가스에 소스를 좍 뿌려서……."

"우리 집에서는 그런 거 졸업했어."

"졸업이라니……."

"사노 씨네, 곡물 중심으로 식단을 꾸몄더니 식구 네 명이 지난 3년 동안 감기 한 번 안 걸렸대. 그래서 엄마가 보장하는데, 올겨울에는 게스케와 요스케도 감기 안 걸릴 거야."

사토미가 자신만만하게 말했다. 야스오의 요구는 보기 좋게 무시당한 꼴이었다.

아이들이 얼굴을 마주 보았다. 게스케가 콜록콜록 기침 소리를 냈다. 요스케도 따라 했다. 형제가 콜록콜록, 무언의 연대감을 느낀 야스오도 합세했다.

"콜록콜록."

부자 셋이서 사토미를 향해 기침을 했다.

"얼씨구, 당신까지. 뭣들 하는 거야?"

"아, 기름이 자르르한 돈가스 먹고 싶다."

"소스를 듬뿍 끼얹은 돈가스 먹고 싶다."

"엄마, 양배추도 먹을 테니까 응, 제발."

"돈가스, 돈가스."

부자 셋이서 합창했다.

사토미는 한심하다는 눈빛으로 한숨을 쉬더니, 한발 물러섰다.

"알았어, 만들어 줄게. 단, 같은 양의 야채도 반드시 먹을 것."

"아싸!"

두 아들이 하이 터치를 했다.

오랜만에 돈가스 맛을 보겠다 싶으니 어른인 야스오까지 동심으로 돌아가고 말았다. 이왕 먹는 거 하얀 쌀밥도 먹고 싶다.

아침을 먹은 후, 1층 손님방을 리모델링한 서재로 들어갔다. 근처에다 작업실을 빌릴까 하는 마음도 있었는데, "돈 아깝게 왜."라는 사토미의 한마디에, 어차피 찾아오는 손님이 없어 비어 있는 다다미방에 마루를 깔고 사방에 책꽂이를 놓았더니 마치 조종실 같은 서재가 되었다. 통장에 잔고가 잔뜩 불어난 지금, 작업실을 따로 낼까 또다시 생각하고 있다. 야스오가 바라는 장소는 도심의 고층 아파트다. 전철을 타고 오가야 하니 귀찮기는 하겠지만, 일하는 시간과 쉬는 시간에 명확한 선을 긋고 싶었다. 언젠가 도쿄의 야경을 한눈에 내려다볼 수 있는 곳에서 마누라 모르게 진한 사건이 벌어지지는 않을까 하는 남자의 은밀한 소망도 있다.

그런데 주택 관련 잡지를 한 아름 사들여 연구에 여념이 없는 것을 보니, 사토미는 집을 새로 지을 궁리를 하고 있는 듯하다. 물론 로하스가 최우선 과제, 화학 물질을 전혀 사용하지 않은 친환경 주택을 지향하는 모양이다. 현재 야스오는 그저 관망하고 있다.

컴퓨터를 켜고, 커피를 마시면서 한숨 돌리고는 집필을 시작했다. 요즘은 주로 코믹 소설을 쓰고 있다. 작년까지만 해도 편집자에게 "우리나라에서는 코믹이 팔리지 않는다, 미스터리로 전향하는 게 어떻겠느냐."고 찬밥 취급 당하는 신세였다. 그런데 상을 받고 소설이 팔리기 시작하자 독자들도 손바닥 뒤집듯 태도를 바꿨는지 주문이 쇄도한다. 세상이란 그런 것이다.

직장에 다니던 시절에는 단독 행동을 좋아하는 괴팍한 사람이란 소리를 자주 들었다. 그게 지금은 오히려 도움이 되고 있다. 코믹 소설은 깨어 있는 냉철한 시각이 없으면 쓸 수 없다. 현실주의자가 아니면 인간 세상의 해학을 이해할 수 없는 것이다. 하기야 문학적인 소양이 없는 탓에 늘 악전고투하고 있다. 마감 날이 가까운데 아이디어가 떠오르지 않으면, 과장이 아니라 정말 사라지고 싶어진다.

마당에서 나무 망치로 돌을 두드리는 소리가 들려왔다. 사토미가 주차장을 덮고 있는 콘크리트를 걷어 내고 땅에 돌을 까는 작업을 하고 있는 것이다. 돌 틈으로 풀이 돋아나게 하는 게 목적이다. 집 안에 조금이라도 초록을 들이고 싶은 모양이다.

"팔 때도 유리할 거야. 내 의도가 사는 사람에게 반드시 전달될 테니까."

사토미의 구실인즉 그렇다.

그러잖아도 땅값이 오르고 있다. 사토미에게는 오랜 고생 끝에 찾아온 행복한 나날인지도 모르겠다.

"돈 걱정 안 해도 된다는 게 이렇게 좋을지 몰랐어."

언젠가 사토미가 절절한 심정으로 그렇게 말한 적이 있다. 말은 안 해도 남편이 회사를 그만둔 게 상당한 부담이었을 것이다. 상을 받았을 때, "앞으로는 고생시키지 않을게." 하고 넌지시 말했더니, 사토미는 왕, 울음을 터뜨렸다. 어떻게 달래면 좋을지 몰라 주춤거리는 사이에 눈물이 전염되어 야스오까지 울고 말았다.

야스오는 귀마개를 하고 키를 두드렸다. 아침형 생활을 하면서 본의 아니게 오전부터 일하게 되었다.

2

사토미의 로하스 동지들이 우리 집에 모였다. 모두 주부다. 물론 사노 유코 씨도 끼여 있다. 바닷가에서 주워 온 나무토막으로 전기스탠드와 꽃병을 만들어 내추럴 숍에 판다고 한다.

시간이 남아돌아가는 주부들의 취미 생활이려니 했더니, 그 생각이 얼굴에 나타났는지 사토미가 그 이점을 줄줄이 늘어놓았다. 버려진 목재를 사용하면 벌목을 줄일 수 있으니 삼림을 보호하는 셈이 되고, 또 지구 온난화 방지에도 도움이 된다는 것이다.

야스오는 서재에서 들려오는 여자들의 수다에 멍하니 귀를 기울였다. 다음 주가 마감인데 한 장도 쓰지 못했다. 의자에 몸을 기대고 두 발을 책상에 올려놓은 채 코털을 뽑는다. 커피나 마실까 하고 부엌으로 갔다.

거실에 있던 여자들이 일제히 돌아보았다. 인사를 건네고, 사토미에게 물었다.

"커피 끓일 건데, 손님들 것도 끓일까?"

"아니, 우리는 허브티 마실게."

할 수 없이 나도 허브티를 마시기로 했다.

"오쓰카 씨도 이리 앉으세요."

여자들이 그렇게 권하는 바람에 엉거주춤 테이블 앞에 앉았다. 상을 받은 작가가 되자 동네 아줌마들 사이에서도 인기가 좋아졌다. 사토미가 선반에서 차 과자를 꺼내 왔다. 모두 함께 '유기 농법으로 재배한 쌀로 만든 무첨가물 과자'라는 것을 먹었다.

"오쓰카 씨, 어떻게 하면 작가가 될 수 있을까요?"

주부 한 명이 선망의 눈초리로 물었다. 번번이 똑같은 질문을 당한다. 하는 얘기로 봐서 그녀들은 야스오의 소설을 읽지 않았다. 읽지는 않아도 되고 싶은 것이 작가다.

"절박해지면 될 수 있습니다. 제가 그랬으니까요."

야스오는 웃으면서 대답했다. 거느린 식솔이 있고 상환해야 할 융자금이 있는데도 기어코 다니던 회사를 그만두고 싶으면 사람은 죽어라 힘을 내는 법이다.

"겸손하시기는. 실력 있는 사람은 함부로 과시하지 않는다더니, 역시 그러네요."

유코 씨가 말했다. 새하얀 이가 눈부실 정도로 빛나, 그녀가 있는 곳만 스포트라이트를 비춘 듯했다. 조막만 한 얼굴에 목은 가늘고, 곧게 뻗은 팔도 남들보다 길다. 모델 출신이라더니 과연. 마흔 살이어도 미인은 언제나 그림 같다.

"그런데 오쓰카 씨, 요가는 어떻게 되었나요? 작가는 운동 부족이 되기 쉬운 직업이잖아요. 선생님에게 소개도 하고 싶은데."

"요가는 무슨. 이 사람, 회사 다니던 시절에도 골프 한 번 치지 않은 게으름뱅인데."

사토미가 손을 내저으며 깔보듯 말했다.

"골프를 치지 않았다는 건 좋은 일이죠. 골프장은 삼림을 없애고 농약을 살포하는, 환경 파괴의 주범인걸요. 게다가 접대라는 명분으로 가정에서 가장을 빼앗아 가고. 오쓰카 씨가 골프를 치지 않는 자체가 로하스예요."

유코 씨가 야스오 쪽을 보고는 생긋 웃었다. 다 큰 어른이 쑥스러워졌다.

로하스라. 야스오는 마음속으로 조소했다. 요컨대 유코 씨처럼 유복하고 지적인 미인이 이끄는 붐이기 때문에 다른 여자들도 그 뒤를 좇는 것이다. 문득 아이디어가 떠올랐다. 유코 씨를 소재로 써먹을 수 있을지도 모르겠다. 겉멋만 자르르한 남편까지 끌어들여서. 자기 재주라면 얼마든지 웃기는 소설을 쓸 수 있을 것 같았다.

아니지. 혼자서 고개를 저었다. 동네 사람에게 그런 몹쓸 짓을 하면…….

"그리고 오쓰카 씨는 좋아하는 일을 하면서 사니까, 자연 그 자체라고 할 수도 있죠."

자연 그 자체라. 야스오는 왠지 엉덩이가 근질근질했다.

"그래도 이 사람, 현미밥을 싫어해요."

사토미가 못마땅하다는 듯 말한다.

"때가 되면 익숙해져요. 그러다 피부에 탄력이 생기고 얼굴이 작아지면, 현미밥 아니면 입도 대지 않을걸요."

"어머, 얼굴이 작아져요?"

아줌마들의 얼굴에 화색이 돌았다.

"그럼요, 작아지죠. 우리 남편도 현미밥을 먹은 후부터……."

이때부터 미용 담론으로 불꽃이 튀었다. 야스오는 앉아 있기가 거북해 황망하게 자리를 떴다.

서재로 돌아와 다시 컴퓨터 앞에 앉았다. 이제 슬슬 쓰기 시작해야지 안 그러면 시간적으로 빡빡해진다. 50매짜리 단편이니까 적어도 닷새는 걸린다.

전화벨이 울렸다. 편집자였다.

"잘돼 갑니까?"

소설의 진척 상황을 묻는다.

"아니 그게······."

야스오는 아이디어가 떠오르지 않는다고 솔직하게 말했다.

"뭐 어떻게든 되겠죠. 오쓰카 씨는 마감 전까지는 어떻게든 완성하는 사람이니까. 아하하."

편집자는 빈말인지 농담인지 모를 소리를 하고는 가차없이 전화를 끊었다. 어째 코믹 작가는 고민도 하지 않는 존재라고 여기는 듯하다.

팔짱을 끼고 눈을 감았다. 한 가지 아이디어만 떠올라도 어떻게든 쓸 자신이 있는데, 그 한 가지가 떠오르지 않으면 한 글자도 쓸 수 없다.

로하스와 유코 씨······. 놀려 먹는 맛이 쏠쏠할 텐데. 야스오는 어렸을 때부터 젠체하는 사람 놀려 먹기를 엄청 좋아했다. 회사원 시절에도 그 성격 때문에 와인 마니아인 상사에게 미움을 샀다. 일단 쓰기 시작하면 척척 나갈 텐데.

하지만 안 된다. 그럴 배짱은 없다. 나는 소시민이고 당분간은 이 동네에서 살 몸이다.

한숨이 나왔다. 컴퓨터 전원을 껐다. 프레디와 산책이나 할까 생각했다. 바깥 공기를 쐬면 기분 전환도 되고 아이디어가 떠오를지도 모른다. 지금까지 산책을 하면서 아이디어가 떠오른 적은 없지만.

저녁은 무청을 섞어 지은 현미밥에 탕수육 소스를 끼얹은 튀김, 정어리와 죽순 햄버그였다. 이렇게 손이 많이 가는 반찬을 날마다 용케 만든다 싶어 야스오는 감탄하는데, 아이들은 폭발 직전이었다.

"고기인 줄 알았는데."

"감쪽같이 속았어."

퉁퉁 부은 얼굴로 엄마에게 항의하고 있다.

"너희들을 위해서 만든 거야. 생선 먹으면 머리 좋아져. 공부도 잘하고 얼굴도 작아지고 멋져져서 같은 반 여자 애들에게 인기 있으면 좋잖아."

"난 우리 반 여자 애들에게 인기 없어도 괜찮단 말이야."

"나도. 어차피 못난이들밖에 없는데, 뭐."

"아니, 못난이라니. 그런 말 하면 못써."

"그럼 촐싹대고 위험한 여자."

"인기 같은 거 상관없는 여자."

듣고 있던 야스오가 웃음을 터뜨리고 말았다.

"아빠, 엄마에게 그만 좀 하라고 해."

쌍둥이 아니랄까 봐 둘이서 합창을 한다. 화살이 이쪽을 향한 것이다.

"그래도 건강에 좋은 건 사실이잖아. 아빠도 현미밥 먹은 후로 컨디션이 좋아졌어. 어깨가 뻐근하던 것도 나았고."

그 자리에서는 어르고 달래기로 했다. 몸이 가벼워진 것은 사실이다.

"그래서 소설도 잘 써져?"

게스케가 물었다.

"아이디어도 잘 떠올라?"

이번에는 요스케다.

야스오는 대답할 말이 궁했다. 아이들은 모르는 사이에 되바라진 소리를 할 만큼 쑥쑥 큰다.

"봐, 요즘 아빠 슬럼프잖아."

"어제도 목욕한 후에 서재에 틀어박혀 있었잖아."

"고기를 안 먹어서 그런 거야."

"이게 다 로하스 탓이라고."

"이제 그만들 해. 먹기 싫으면 안 먹어도 좋아."

사토미가 버럭 소리를 질렀다. 애써 만든 반찬을 모욕했으니 기분이 상하는 건 당연하다.

"게스케, 요스케, 얌전히 그냥 먹어. 일요일 저녁때는 갈비집에 데리고 갈 테니까."

야스오가 중재에 나섰다.

"정말?"

"아싸!"

아들 둘이 승리의 포즈를 취한다.

"당신, 멋대로 약속하면 어떻게 해."
"일주일에 한 번인데, 어때서."
"엊그제도 돈가스 먹었잖아."
"그건 등심이었잖아. 돈가스는 기름이 돌아야 제 맛이지."
사토미는 경멸하듯 세 사람을 돌아보면서 코를 한 번 훌쩍하고는 잡념을 뿌리치자는 뜻인지 등을 꼿꼿이 세웠다. 그리고 현미밥을 한술 떠 입에 넣고 허공을 쳐다보며 꼭꼭 씹었다. 어째 아내가 자기 신념을 관철하려는 투사 같아 보였다.
아들 둘은 얼굴을 마주 보고는 정어리와 죽순 햄버그를 우물우물 먹었다. 저녁 먹는 자리가 썰렁해졌다.

그 주의 토요일 오후, 야스오는 체험 삼아 요가 교실에 나가보기로 했다. 아침에 개를 데리고 산책하는 길에 사노 부부가 어찌나 끈질기게 권하는지 그만 응하고 만 것이다. 아이디어가 떠오르지 않는데 서재에서 끙끙거리고 있는 것보다 낫겠다는 생각도 있었다.
"당신도 할 거야?"
사토미가 민폐라도 된다는 듯 말했다.
"왜? 방해 안 할게."
"나, 다리 안 올라가는데, 웃으면 가만 안 놔둘 거야."
에계, 그런 거였어.

요가는 공복 때 하는 것이 원칙이란다. 그래서 부부가 나란히 점심을 걸렀다. 아이들에게는 사토미가 현미빵으로 야채 샌드위치를 만들어 주었다. 야스오는 슬쩍 돈을 건네주면서 "나중에 모스 버거에 가서 뭐 먹고 와." 하고 연대감을 과시했다. 둘은 특수 임무를 띤 공작원 같은 표정을 지으며 "엄마에게는 절대 비밀이다." 하고 다짐했다.

요가 교실은 역 앞에 있는 스포츠 센터의 댄스 스튜디오에 있었다. 수강생 대부분이 여자고 남자는 몇 명 없다. 풍경을 망치면 안 되겠다 싶어서 한구석에 자리를 잡았다.

"오쓰카 씨, 그렇게 뒤에 있지 말고 이리 오세요."

사노 부부가 손짓했다.

"아니, 아닙니다."

손사래를 치며 극구 사양했다.

사노 씨는 몸매에 자신이 있는지 탱크톱에 쫄바지 차림이었다. 멀리서 봐도 단련된 몸이라는 것을 알 수 있었다. 살이 찐 것은 아니어도 세월이 흐르면서 체형이 두루뭉술해진 야스오와는 크게 달랐다. 그래서 나란히 있고 싶지 않았다.

유코 씨는 머리를 바짝 치켜 묶은 탓에 고운 목덜미가 고스란히 드러나 있었다. 새삼스레 보니 손발이 길고 체형도 슬림했다. 허리는 잘록하고 엉덩이는 탱글탱글하고. 사십 대 전반에 몸매가 저 정도니, 대단하다 싶었다.

그녀를 선망하는 사토미의 마음을 충분히 이해할 수 있었다. 여자는 몇 살이 되었든 아름다움으로 그 가치가 평가되고 만다. 남자처럼 자신을 '아저씨'라 비하하면서 태연하게 굴 수 없다.

인도 사람이 연상되는 닭 뼈다귀 같은 여자 강사가 나와서 생글거리며 인사했다. 목덜미에 핏줄이 돋아 있었다.

"그럼 이제 시작하죠. 처음 오신 분들은 따라 할 수 있는 포즈만 따라 하세요. 늘 하시던 대로 자신의 몸과 대화를 하듯, 천천히, 릴렉스하시고……."

제일 먼저 매트 위에 좌선을 하고 앉아 등을 쫙 편 채로, 두 손바닥을 합장하듯 마주 대고 위로 올렸다.

"목을 똑바로 펴고, 턱은 위를 향하고, 자 숨을 쉬세요."

그 말을 신호로 모두가 심호흡을 했다.

"숨을 들이쉬고, 내쉬고, 들이쉬고, 내쉬고. 얼굴 주위의 노폐물을 피부에서 한 방울 한 방울 짜내는 상상을 하면서……."

피가 머리로 치솟아 눈앞이 어찔했다. 천장에 달려 있는 전등이 흔들거렸다. 그 정도만 했는데도 얼굴에서 땀이 배어나왔다. 그 자세로 3분을 버텼더니 온몸이 화끈거렸다.

"이제 다음으로 넘어갑니다. 아르다핫타파드마파슈치맛타나아사나."

강사가 기괴한 말을 중얼거리자 수강생들은 앉은 채로 왼발을 쭉 내밀면서 몸을 앞으로 굽히는 동작으로 넘어갔다.

"숨을 내쉬고. 천천히 몸을 앞으로 구부리고. 숨을 들이쉬고, 앞을 보면서……."

그때부터 차이가 나기 시작했다. 수강생 절반쯤은 몸이 다리에 붙지 않았다.

"아야야야."

야스오는 윗몸이 굽을 생각을 안 했다. 힐금 보니 사토미는 낑낑거리고 있었고 사노 부부는 여유 있게 포즈를 취하고 있었다.

그 후에도 갖가지 포즈가 계속되었다. 한자리에서만 움직이는데도 숨이 찬다. 티셔츠는 땀에 푹 젖었다. 아하, 과연 이게 요가로구나. 세포 구석구석까지 혈액과 산소가 돌고 있다는 것을 실감할 수 있었다. 신진대사가 좋아진 것이다.

"자, 그럼 다음. 스마일 메소드."

처음 들어 보는 말에 주위를 돌아보니, 수강생들이 좌선을 한 채로 웃고 있었다.

"웃으면 얼굴에 있는 표정 근육이 움직이죠. 주름이 없어지고, 늘어진 살은 탄력을 되찾고, 자율 신경도 조절됩니다."

야스오도 따라 했다. 다른 자신은 이건 좀 으스스한데, 하고 생각하고 있었다.

"자, 생기발랄하게. 자신답게."

강사의 목소리가 울렸다.

자신답게, 라. 야스오가 가장 부끄러워하는 말이다.

정면에 있는 거울에 자신의 웃는 얼굴이 보였다. 내가 대체 무슨 짓을 하고 있는 거지. 담당 편집자가 봤으면, 귀찮아서 꼼짝도 안 하는 작가가 요가를 하며 웃는다고 놀랄 것이다.

다만, 상쾌한 것은 사실이었다. 이렇게 땀을 흘리는 것도 오랜만이었다. 아들 둘이 크면서 점점 같이 놀려고 하지 않는 탓에, 주말이면 집 안에서 뒹굴거리기만 한다.

60분 동안의 요가 체조에 이어 강사의 강의가 있었다.

"요가의 본질은 내재하는 자신을 직시하는 것입니다. 다른 사람과 나를 비교하지 않고 경쟁하지 않으며, 타인에게 친절하게 지구에도 친절하게. 요가가 있는 라이프스타일이란 자신의 몸과 마음이 어떤 상태에 있는지 정확하게 이해하고 컨트롤하는 생활을 뜻합니다. 여러분, 요가를 통해 아름다운 내면을 갖도록 합시다. 그리고 기쁨을 느낄 수 있는 하루하루를 보내도록 합시다."

이거 종교 아니야? 야스오는 어디까지나 한발 물러난 자세로 듣고 있었다. 뒤에서 사토미를 보니, 심취한 모습으로 귀 기울이고 있다.

전원이 박수를 치고 해산했다. 유코 씨가 발갛게 상기된 얼굴로 다가와 말했다.
"어때요, 좋았죠? 일주일에 두 번인데, 앞으로도 계속 다니세요."
"네, 글쎄요……."
야스오는 히죽 웃으면서 대답을 피했다.
"반년만 해 봐요. 몸 안의 독소가 빠져나가는 것을 스스로도 느낄 수 있어요."
"오쓰카 씨, 나보다 두 살 아래 맞죠?"
남편인 사노 씨도 다가와 거들었다. 알면서 사람들 앞에서 일부러 그러는 것이다. 로하스 주부들이 사노와 야스오의 몸을 넌지시 견주어 보았다.
"관절도 금방 부드러워져요. 몸의 변화를 느낀다는 거, 그거 좋은 거예요."
"마누라가 말이죠, 내가 같이 있는 걸 부끄럽게 여깁니다."
농담조로 대답했다. 사토미가 그 소리를 듣고는 "다른 시간대에 하면 되잖아." 하고 얄밉게 말했다.
요가를 끝낸 수강생들은 모두 갓 태어난 것처럼 정말 개운한 표정이었다. 순수함. 그런 말이 떠올랐다.
요가 교실에서 나와서 로하스 동지들과 함께 내추럴 숍에 갔다. 천연 소재를 사용한 상품으로 가득한 실내에서 나무 냄새가 났다. 가게 주인은 머리띠를 두른 전형적인 오가닉파였다.

"에코 보틀이 들어왔는데, 한번 보시죠."

에코 보틀이 뭔가 했더니, 빗물을 받는 탱크였다. 가게 주인의 설명에 따르면, 에코 보틀을 설치하는 목적은 이 나라의 풍부한 강우량을 이용함으로써 자연 파괴의 원흉인 댐 건설을 저지하는 데 있다고 한다.

야스오는 태연한 얼굴로 고개를 끄덕였지만 속으로는 맥이 쭉 빠졌다. 플라스틱 양동이만 한 크기의 탱크 하나로 이 무슨 원대한 계획? 독재주의 국가의 정책 같다.

로하스 동지들은 입을 모아 에코 보틀을 절찬하고는 다들 하나씩 구입했다. 사토미도 야스오에게 의논 한마디 없이 지갑을 꺼냈다. 사노 부부는 가장 비싼 것을 샀다.

"빗물은 수돗물과 달라 염소가 없기 때문에 식물에도 좋아요."

유코 씨의 말이다.

"맞는 말입니다. 원예용으로는 빗물이 최고죠."

남편인 사노 씨가 맞장구를 쳤다.

둘이 나란히 하얀 이를 내보이며 웃는다.

야스오는 애써 웃으면서 자신은 절대 이 무리에 섞이지 않으리라고 새삼 다짐했다. 요컨대 이교도인 것이다.

밤, 서재에 꾹 틀어박혀 있는데도 단편을 위한 아이디어는 떠오르지 않았다. 원인은 이미 알고 있다. 로하스 동지들을 잘근잘근 씹어 주고 싶어 몸이 근질거리는 것이다. 선진국의 친환경 운운은 배부르고 등 따뜻한 사람들의 면죄부다. 환경을 빌미로 인간 우위를 주장하려는 냄새가 풀풀 풍긴다. 그리고 아무도 반대하지 않는 정의를 휘두르는 것이야말로 천박한 인품 아닌가. 절반은 생트집이라 쳐도, 험담은 얼마든지 할 수 있다. 이렇게 쓸 말이 많을 때는 쓰는 속도도 빠르고 완성도도 높다.

 야스오는 갈등에 싸였다. 아, 쓰고 싶다. 배 속에 있는 것을 글에다 몽땅 쏟아 내고 싶다. 물론 코믹 소설이니까 그 사람들을 좋다 나쁘다 판단은 하지 않는다. 공정함도 유지한다. 자신의 눈으로 본 해학적인 인물들을 그리고 싶을 뿐이다.

 커피를 마시고 하얀 모니터로 눈길을 돌렸다. 벌써 사흘 동안 한 글자도 못 썼다. 소설을 쓰지 못하면 정말 괴롭다. 길 가는 회사원을 붙들고, "당신이 이 고통을 알아?" 하고 따지고 싶어진다.

 "그냥 확 써 버릴까."

 혼자서 중얼거렸다. 소설이란 원래가 위험한 것이다. 병도 약도 안 되는 것은 존재할 의미가 없다. 데뷔 시절 이래저래 신세를 진 편집자도 그렇게 말했다. 작가는 때로 만용을 부려야 한다고.

달력을 보았다. 마감 날짜는 다음 주 월요일이지만, 그날까지는 절대 힘들 테니까 연기해 달라고 한다 쳐도 수요일 밤까지가 한계일 것이다. 오늘 당장이라도 쓰지 않으면 내 속도로는 도저히 시간을 맞출 수 없다.

아들 둘이 잠옷 차림으로 서재에 들어왔다. 둘 다 부루퉁한 표정이다.

"아빠, 우리 사립 중학교에 가는 거야?"

게스케가 물었다.

"뭐? 모르겠는데. 엄마가 그러던?"

"응. 엄마가 학원에 보낼 거래."

놀랐다. 부부끼리 그런 얘기는 한 적이 없다.

"너희들은 어느 쪽이 좋은데?"

"공립이 좋아. 전철 타고 다니는 것도 싫고, 시험 보는 것도 싫단 말이야."

"나도. 친구들과 헤어지기 싫어. 소년 축구단도 그만두기 싫고."

둘 다 성적은 상위권이다. 기를 쓰고 최상위권을 노리지 않고도 자연스럽게 대학까지 진학해 주면 충분하다고 생각한다.

"알았어. 엄마랑 의논해 볼게."

어깨에 손을 얹으며 말하고는 서재에서 내보냈다.

복도에서 거실 쪽을 살폈다. 사토미는 목욕을 하고 있는 듯했다. 책상 앞으로 돌아와 머리를 북북 긁었다.

뭐야, 이 마누라가 남편에게 의논 한마디 없이. 아이들 교육은 맡기겠노라고 했지만, 사립 중학교는 다른 문제다. 이것도 유코 씨의 영향일까. 딸이 사립 중학교에 다닌다고 한 것 같다. 로하스를 지향한다면 걸어 다닐 수 있는 공립학교에 가야 마땅한 것 아닌가. 모순이다. 결국 여자는 현재의 이미지 속에서만 살아간다. 편리주의자들이다.

왠지 속이 부글거렸다. 높은 곳에서 사시는 분들이 점점 얄미워졌다.

쓸까, 로하스 동지들. 사흘이면 쓸 수 있을 듯하다. 재미있게 쓸 자신도 있다. 게다가 동네 아줌마들은 어차피 소설 따위는 읽지 않는다.

그렇다. 읽히지 않을 것이다. 사토미 역시 단행본으로 나오기 전까지는 남편의 소설을 읽은 적이 없다. 일단 썼다가 이건 아니다 싶으면 단행본으로 만들 때 빼 버리면 된다.

까짓, 써 버려. 나중 일은 나중 일이지, 뭐. 시간이 없다. 마감 날짜가 바로 코앞이다.

손바닥으로 자신의 뺨을 찰싹찰싹 때리면서 기합을 넣었다. 컴퓨터 앞에 앉자마자 몰입했다.

3

 원고는 마감 날짜를 딱 이틀 넘기고 완성되었다. 메일로 보내자, 담당 편집자가 읽고는 이내 전화를 걸어 주었다.
 "야, 이거 오쓰카 씨의 진면목을 보여 주는군요. 나도 실은 로하스 붐이 싫었어요. 그런 거 선의의 파시즘 아닙니까. 자기만 순수하다는 얼굴들을 하고 있지만, 실은 그저 자기애에 빠진 거 아니냔 말이죠. 위선입니다, 위선. 뭐가 지구 환경에 좋다는 건지. 그렇다면 당신들 집만 푸세식 화장실로 바꿔 보라죠. 아하하하."
 반기고 흥분하는 것을 보니 전면적인 동의를 얻은 듯하다. 로하스를 헐뜯느라 한참을 떠벌렸다.
 "그리고 남편에게 현미밥을 먹이는 마누라는 다 별 볼일 없어요. 나 같으면 밥상을 뒤엎을 겁니다."
 그 말에는 울컥했다.
 "아니, 우리 집도 현미밥 먹는데."
 "아, 아니, 그게…… 그렇습니까? 뭐 가족의 건강을 배려하는 좋은 사모님이라는 생각이, 사실은 안 드는 것도 아니지만……."
 편집자는 횡설수설 변명을 늘어놓았다.
 다음 날 교정지가 나왔다. 다시 읽어 보아도 걸작에 속하는 코믹 단편이었다. 환경을 생각하는 것은 좋은 일이다. 알면서도, 붐에 편승하는 사람들을 조롱했다. 모름지기 소설에는 독이 있어야 한다.

동시에 야스오의 가슴에 불안이 모락모락 피어올랐다. 작품에 등장하는 꼴사나운 부부는 어느 모로 보나 사노 부부이다. 아는 사람이 읽으면 단박에 눈치 챌 것이다.

어떻게 해야 하나. 좋은 내용을 조금 덧붙일까. 아니지, 헐거운 문장은 독자에게도 금방 전해진다. 그러하니 너, 낸시 세키(2002년 작고한 고무지우개 판화가, 독설가로 유명했다-옮긴이)를 본받으라.

두 시간 정도 망설이다가 어미만 살짝 손질하는 선에서 마무리를 짓고 교정지를 팩스로 보냈다.

이제 돌이킬 수 없다. 타인을 흠잡고 야유하면서 돈을 번다. 그야말로 업보가 큰 장사다. 야스오는 혼자 한숨을 지으며 씁쓸해했다.

마감을 무사히 넘긴 해방감에 프레디를 데리고 산책길에 나섰다. 둔치에서 지는 해를 바라보고 있는데, 제방길 저편에 유코 씨가 걸어가고 있었다. 아무래도 뒤가 구린 야스오는 저도 모르게 풀숲에 몸을 숨겼다. 애견의 목줄을 손에 쥔 유코 씨는 등을 꼿꼿하게 세우고 팔을 앞뒤로 휘저으며 빠른 걸음으로 걷고 있었다. 하나로 묶은 머리칼이 리드미컬하게 흔들렸다.

그 씩씩한 모습을 보고 있자니, 어째 자신이 너저분한 인간으로 여겨졌다.

배에 붙은 군살을 꼬집는다. 영문 모를 죄책감이 밀려왔다.

집으로 돌아와 서재로 들어간 야스오는 다시 한번 교정지를 읽었다. 갑자기 불안해진 것이다.

팔짱을 끼고 생각에 잠겼다. 참 미묘했다. 두서없는 코믹 단편이지만, 로하스 신봉자들은 모욕적으로 느낄 수도 있다. 주인공인 작가가 주운 나무토막으로 공예품을 만드는 주부들을 보면서 '땔감으로나 쓸 것이지, 땔감으로'라고 속으로 독설을 읊조리는가 하면 젠체하는 주부에게는 '아이는 공립으로 보내야지' 하고 매도한다.

이거 좀 그런가. 주인공인 작가를 남이 하는 일에 일일이 꼬투리를 잡는 괴팍한 인물로 그리기는 했지만, 같은 말이라도 제 입으로 하는 것과 남에게 듣는 것과는 근본적으로 다르다. 자신에게 회의를 품지 않는 사람은 사소한 일에도 화를 낸다. 성실하고 꼼꼼한 사람일수록 "상처를 입었다."면서 신경질을 부린다.

암울한 기분으로 의자에 몸을 기댔다. 문득 옆을 보았다. 바닥에 널려 있던 잡지가 구석에 반듯하게 쌓여 있었다. 쓰레기통을 보니 종이 쓰레기도 없었다.

사토미가 치운 것이다. 아내는 남편의 일이 한 차례 마무리되는 때를 가늠했다가 서재를 치우고 정리한다.

그러고 보니 책상 위에 어지럽게 흐트러져 있던 교정지도 네 모퉁이가 가지런하게 놓여 있었다. 혹시 읽은 거 아닌가?

아니지, 아니야. 데뷔 시절이라면 몰라도 요즘은 남편의 일에 거의 관심을 보이지 않는다. 뭐라고 의견을 제시하지도 않는다. 신간이 나왔을 때나 의례적으로 "재미있었어." 하고 한마디 하는 정도다.

그때, 요스케가 방문을 살짝 열고 얼굴을 들이밀었다.

"아빠, 저녁."

"응, 그래."

서재에서 나와 부엌으로 갔다.

식탁에 마주 앉은 두 아들의 입가에 흐뭇한 미소가 줄줄 흐르고 있었다. 보니, 공기에 하얀 쌀밥이 담겨 있었다. 그리고 접시에는 돼지고기 양념구이.

사토미를 쳐다보았다. 사토미는 유난히 차분한 말투로 말했다.

"이제 아빠와 너희 둘은 현미밥 안 먹어도 돼."

상황이 어떻게 돌아가는 것인지 몰라, 야스오는 당황했다.

"엄마는 앞으로도 현미밥과 야채를 먹을 거지만, 억지로 강요할 수는 없으니까. 이제 반찬도 따로 만들 거야."

야스오는 침을 꿀꺽 삼켰다. 아무래도 아내가 화가 잔뜩 난 듯하다. 아니 적어도 평소 기분은 아니다. 혹시 교정지를 읽은 건가. 엉덩이가 써늘해졌다.

"따뜻할 때 어서들 먹어."

"와!"

두 아들은 엄마의 표정 따위는 안중에도 없는지 환성을 지르며 양념구이로 젓가락을 내밀었다. 하얀 쌀밥과 함께 한입 가득 우물거리면서 "역시 고기가 최고라니까." 하며 함박웃음을 짓는다.

야스오는 어쩌면 좋을지 모르는 채로 일단 밥을 먹기 시작했다. 뭐든 대화의 실마리를 찾아야 하는데.

"야, 이 고기 부드럽고 맛있는데."

"그야 당신의 수입에 맞게 가고시마산 검정돼지고기를 샀으니까 그렇죠."

사토미가 야스오의 눈을 보지 않고 말했다.

아니, 무슨 의미지?

"고기도 좋지만, 양념도 잘한 것 같은데."

"슈퍼에서 파는 소스로 양념한 거야. 첨가물은 듬뿍 들었지만 편하고 좋지, 뭐."

그렇게 대화는 끊겼다. 잠시 침묵. 어쩔 수 없어 게스케와 요스케를 끌어들였다.

"너희들, 양배추 남기지 말고 싹 먹어."

"응, 알았어."

"엄마, 마요네즈 묻혀서 먹어도 돼?"

"마음대로 하세요. 엄마가 만든 그린 오일은 너희들 입맛에는 안 맞는 것 같으니까."

사토미는 평소보다 한결 등을 꼿꼿하게 세우고 턱을 바짝 치켜든 채 현미밥을 꼭꼭 씹고 있었다. 그 모습이 이제 가족 따위나 상대하고 있을 수 없다는 수도승 같았다.

엄마의 태도가 쌀쌀맞다는 것을 그제야 알아차렸는지 두 아들도 말수가 적어졌다. 밥도 제 손으로 더 퍼다 먹었다. 그런 엄마의 심중을 달래려는 속셈인지, 양배추도 토마토도 남기지 않고 싹 먹었다.

식사가 끝나자 야스오는 서재로 돌아가 다시 한번 교정지를 읽었다. 그러지 않을 수 없었다. 그리고 새로운 사실을 깨달았다. 젠체하는 부부와 로하스 동지들에게만 정신을 빼앗겨서 몰랐는데, 주인공인 작가는 자신의 아내도 신나게 조롱하고 있었다. 애당초 제목이 '아내와 현미밥'이다. 이걸 봤다면 사토미 속이 편치 않을 것이다. 역시 읽은 것이다.

이거 큰일인데. 야스오는 얼굴을 찡그렸다. 한식구라는 편함 때문에 거침없이 써 버리고 말았다. 주인공이 아내의 로하스적 생활을 야유하는 대목은 이렇다.

 '어차피 좋은 것만 쏙쏙 빼 먹는 프티 부르주아 아닌가.'

 어리석었다. 이 글을 읽고 제일 먼저 화를 낼 사람은 사토미다. 게다가 로하스 동지들 입장에서 그녀는 가해자의 아내다.

 점점 우울해졌다. 소설가란 참으로 한심한 직업이다. 인기를 얻기 위해서 마누라까지 팔아먹는다.

 이 원고, 파기해 버릴까. 걸작이라 실로 아깝지만 부부 사이를 희생하면서까지 발표해야 할 작품은 아니다.

 20분을 망설이다 편집자에게 전화를 걸었다. 사정을 설명하고, "미안하지만 파기해 주면 좋겠는데." 하고 말했다.

 "무슨 소립니까. 이 작품, 걸작 중의 걸작이라고요. 오쓰카 씨의 단편 가운데 베스트 파이브에 든단 말입니다. 파기라니, 그런 짓은 도저히 못합니다."

 편집자는 놀라 흥분한 목소리로 말하고는 딱 잘라 거절했다.

 "아니, 그건 그런데……"

 "걱정 마십시오. 이 작품의 해학은 반드시 만인에게 전달될 겁니다."

 "그래도 우리 마누라가……"

"오쓰카 씨가 그렇게 생각하니까 그런 겁니다. 확인해 봤습니까?"

"아니, 확인은 해 보지 않았지만……."

"그것 보십시오. 아무튼 파기할 수 없습니다. 삽화도 벌써 발주했다고요. 내일이면 오케이 교정이 시작될 거고요. 이 작품이 다음 호의 첫머리를 장식한단 말입니다."

"첫머리? 최대한 눈에 띄지 않게……."

"마음이 약하시군요. 천하의 N상 수상 작가가 무슨 소리를 하시는 겁니까. 모름지기 문사라면 웬만큼 배포가 커야지요."

"아니 그게, 그렇기는 하지만……."

"괜찮습니다, 괜찮아요. 느긋하게 생각하세요."

전화가 끊겼다. 격려하자는 말인지 상대의 뜻을 무시하는 말인지 도통 모르겠다.

한숨이 나왔다. 암울한 기분도 도무지 좋아질 기미가 없었다. 애당초 내가 소심한 인간이다. 생각한 것을 그 자리에서 시원하게 말하지 못하니까 굳이 글을 쓰는 것이다. 그런 성격이다 보니 만사에 의심만 많고 행동에 옮기지 못한다. 그래서 조직의 일원으로도 지내지 못하는 것이다.

요가가 건강에 좋은 것은 사실이다. 그 개운함은 지금도 기억에 남아 있다. 그런데도 순순히 받아들이고 열중하는 사람들을 놀려 주고 싶어, 꼬투리를 잡아서는 비아냥거린다.

점차 자신이 싫어졌다. 인생을 즐길 줄 모르는 좀스러운 인간이라 느껴졌다.

그렇다고 서재에만 틀어박혀 있을 수는 없어 거실로 나왔다. 아이들은 보이지 않고, 사토미 혼자서 화보 잡지를 읽고 있었다. 들여다보니, 친환경 전문 잡지의 집짓기 특집호였다.

"흐음, 나무로 지은 집도 괜찮은데."

그렇게 운을 뗐다.

"그럼. 여기 실린 집들, 국산 목재를 사용했기 때문에 동남아시아나 아마존의 삼림 파괴에 가담하지 않은 셈이래."

사토미가 화보를 들여다보면서 말했다.

"그거 멋지네."

"국산 목재와 장인의 손으로 만든 집이라서, 평당 건축 비용이 보통 집보다 1.4배 정도는 든대."

"그래? 그럼 그렇게 비싼데 뭐가 좋다고."

"싸고 비싸고의 문제가 아니잖아. 환경을 지키려는 건설 회사의 이념에 공감하느냐 마느냐의 문제라고."

"……어, 그래?"

그리고 대화가 끊겼다. 정적을 물리치려고 리모컨을 집어 들었다.

"전원을 아예 꺼 버렸어. 마냥 대기 상태로 놔두는 것도 에너지 낭비잖아."

할 수 없이 텔레비전까지 가서 스위치를 눌렀다. 많이 먹기 대회를 하고 있었다. 사토미가 잠시 화면을 보고는 경멸하듯 훙, 하면서 시선을 잡지 위로 떨어뜨렸다. 분위기가 점점 무거워졌다.

"있지, 아이들은 몰라도 난 현미밥, 괜찮아."

야스오가 말했다.

"왜? 억지로 먹을 거 없어."

"억지로가 아니야. 나도 내장 지방 줄이고 싶다고. 그리고 당신 먹을 것만 짓는 것도 귀찮잖아."

"당신은 로하스 싫어하잖아?"

"어, 내가?"

식은땀이 돋았다.

"공감하지 않는 사람에게 굳이 지어 주고 싶지 않거든."

그러고는 발딱 일어나더니 부엌으로 갔다. 그리고 내일 아침거리를 준비하기 시작했다.

야스오는 마른침을 삼켰다. 텔레비전을 끄고 후들후들 떨리는 다리로 서재를 향했다. 책상에 놓인 전화기를 집어 들고 편집부에 전화를 걸었다.

"저 말이지, 그 원고 역시 안 싣는 게 좋겠어. 지금 바로 출판사로 가서 밤을 새워서라도 새 작품을 쓰지. 별관의 집필실, 좀 비워 둬."

"그 무슨 엉뚱한 말씀입니까. 노, 노, 농담이죠?"

흥분한 편집자가 말을 더듬었다.

"무슨 일이 있어도 마감을 지키겠어. 최종 마감이 아직 사흘 남았지. 그동안 죽을 각오로 쓸 테니까."

"아니, 오쓰카 씨. 이거 정말 훌륭한 원고인데요."

"그 얘기는 그만 하라고."

"그만 하라뇨."

"부탁할게. 부부의 앞날이 걸린 문제라고. 다시 쓰지 않으면 평생 마누라의 원한을 살 거야."

"지나친 생각 아닙니까. 편집장님 바꿔 드리죠."

"시끄러워. 내가 안 된다면 안 되는 거야. 그 원고는 못 실어."

야스오는 속삭이는 목소리로 고함을 질렀다.

"오늘 밤, 좀 더 생각해 보자고요. 그리고 마음이 조금 진정된 후에……."

"이제 시간 싸움만 남았다고. 날짜 못 맞춰. 백지로 나가게 될 거야. 그래도 괜찮은가?"

"그렇게 화내지 마십시오."

"아무튼 택시 불러서 그쪽으로 갈 테니까, 집에 가지 말고 기다리고 있으라고."

전화를 끊었다. 다시 택시 회사에 전화를 걸어 택시를 보내 달라고 부탁했다. 노트북과 전자 사전을 가방에 쑤셔 넣었다. 침실에 가서 갈아입을 셔츠와 속옷을 꺼내고 나갈 준비를 했다.

"당신, 뭐 하는 거야?"

사토미가 침실로 들어와 물었다.

"나 지금 바로 슈에이사에 가서 처박혀 있다 올게."

"갑자기 왜? 안색도 안 좋고."

"〈소설 즈바루〉에 실릴 단편이 도통 써지지 않아서. 날짜 맞추기 힘들 것 같아 그쪽에 가서 쓰려고. 내일 모레 밤까지는 아마 못 돌아올 거야."

사토미는 잠시 말이 없었다. 그러고는 무슨 생각을 골똘히 하는 듯 뜸을 들이다가 멍한 표정으로 말했다.

"그랬어? 산책하러 나가기에 난 다 끝난 줄 알았는데."

"실은 안 끝났어. 끝나기는커녕 한 줄도 못 썼어. 그래 놓고 요가하러 가고, 프레디랑 놀러 나가고. 내가 생각해도 한심하다니까."

야스오는 머리카락을 쥐어뜯으며 괴롭다는 듯 말했다. 그 모습을 본 사토미의 표정에 순간적으로 희미한 미소가 어렸다. 피식 웃기 반보 직전에 웃음이 터져 나올까 봐 참는 것처럼.

"그럼 큰일이네. 나, 당신을 도와주고 싶은데, 당신 하는 일이 소설을 쓰는 거다 보니까……."

"아니, 당신은 언제나 잘 도와주고 있어. 반찬도 다 맛있고, 늘 고마워하고 있다고."

"정말? 그렇게 말해 주면 나야 고맙지만."

"그럼, 늘 감사하고 있지."

야스오가 정색하고 말하자 사토미는 어린애 얘기를 듣는 엄마처럼 온화한 표정을 지으며 눈을 가늘게 뜨고 말했다.

"당신, 무리하지 마. 그리고 밤에는 싸늘하니까 감기 걸리지 않게 조심하고."

사토미가 벽장에서 자신의 무릎 덮개를 꺼내 쇼핑백에 담아서 건네주었다.

"고마워."

집 앞에 택시가 도착했다. 야스오는 짐을 껴안고 허둥지둥 현관을 뛰쳐나갔다. 테니스화의 뒤축을 꺾어 신은 채 굴러 들어가듯 택시에 몸을 실었다. 사토미는 문밖까지 나와 배웅해 주었다.

"간다 진보초로 갑시다."

택시 기사에게 행선지를 알렸다. 창 너머로 사토미를 보니, 이번에는 두 손으로 팔을 껴안고서 어째 웃음을 참는 표정으로 서 있다. 야스오는 이제 시작될 고행에 정신이 팔려 머리가 제대로 돌아가지 않는다. 그래도 아내의 기분이 그리 나빠 보이지는 않아 다행이었다.
 택시가 출발했다. 뒤창 너머로 아내를 보았다. 가로등 아래에서 사토미는 하얀 이를 드러내고 손을 흔들고 있었다.
 거기에 있는 것은 신혼 시절부터 변함없이 자신의 귀가를 기다려 준 아내의 모습이었다.